JN104107

馬鹿一

武者小路実篤

角川文庫
23694

目次

ある島の話

一

これは山谷五兵衛の話、五兵衛の話を僕は信用しているわけではない。五兵衛は平気で嘘《うそ》をつく男である。その五兵衛が法螺《ほら》吹きの友だちに聞いた話だというから嘘が二乗されているわけだ。ところがこれをかく僕も覚えのいい方ではない、忘れたところは自分の想像で見たようにしゃべる。だからこの話には嘘が三乗されているわけで、相当でたらめな話であることは、読む人は覚悟してもらいたいのである。しかしいい齢《とし》をしている僕が、なぜそんな嘘とわかっている話をかくかというと、嘘から出た誠という話がある。少し意味のとりちがいかもしれないが、この話にも、千に一つは誠があると思っている。その誠が他の話にはないものではないかと、思うのでかいてみるわけである。愛読していただけると幸いである。

二

私がある島を訪《たず》ねたのは、秋のまっ盛り、その島の木々が、紅葉しているまっ盛りでした。私は三年つづけて、山の秋を見ました。一昨年は北海道北見の国の阿寒湖《あかんこ》、去年は秋田の十和田湖、今年は信州の上高地、日本の秋の紅葉を賞美するにはいずれ劣らぬ処で、私はそれらを見られたことを幸福に思いました。このある島の秋はまたひとしおでありました。

もちろん、阿寒湖のような原生林の雄大さはありませんでした。また十和田のように変化の富んだ美しさもありませんし、上高地の秋のように、山々にかこまれた高原的な壮大さもありません。しかし背景に海というこれはまた無限な広がりをもった処に、人工的に美しく紅葉する木々を実に美しく配置されている処は、ちょっとこんな処が地上にあるかと思われる美しさで、さすがに先祖代々島の王様といわれている人が住んでいるだけの処と思われました。

この島がどこにあるかということは、秘密にすることをその島の王様に約束しましたから、お話しできないのは残念です。物好きな見物人がくることを極端に嫌《きら》っているので、私もこの島が、俗人どもに荒らされるのを喜ばないので、おしゃべりな君にはお話しできないのです。

その島はあまり大きくない島で、人口も千人あまりで、皆半農、半漁の生活をしていますが、しかし皆、学者であり、芸術家であり、すべての人が、何か一つの信仰を持っているらしく、人相も悪い人には一人も逢《あ》えなかったという不思議な島です。一度人相の悪い男に逢ったと思ったら、それは鏡に写った自分の顔だったには、がっかりしました。

しかし皆親切で、どこでも歓待してくれました。その島は荒海にかこまれているので、ちょっと外の人は近づけないので、一種その島の風習がおのずとできてしまって、われわれには不思議に思えることがたくさんあります。

この島には貧富の差はほとんどないのです。まるでないとは言えません。やはり千人ほどの人のうちには、勤勉家も怠け者もおります。また自分の生活を豊かにすることが好きな人と、そういうことに無頓着《むとんじゃく》な人があります。ですから皆、自分の家に住んでいるわけですが、相当荒れている家もありますし、また手のゆきとどいた美しい家もあります。庭も手入れがとどいている処と、荒れ放題《ほうだい》の処があります。

本ばかり読んでいる人もありますし、釣《つ》りばかりしている人もあります。千人千様の生活をしているわけですが、皆、食うに困るということはないようでした。

ここで一つ変わっているのは、その島に皆から王様のように思われている一族のあることで、この小さい島は、この王様の一家のものだと頭の古い人たちは思っている。しかし王様はそうは思っていないらしい。今の王様は、六十ぐらいの人で一見して島の王様だとわかる、優《すぐ》れた容貌《ようぼう》の持ち主である。この島で、いちばん美しいのは王の一家である。それは代々の王がこの島でいちばん美しい娘を女王に選ぶからで、それが何代かつづいているので、王の一家は美男美女でかためられているのは、遺伝の法則からいっても当然なことである。しかし王様の——王様という言葉は少し不穏当かと思うが、他にいい言葉がないから、その島の人がそう言っているので、僕もそう言わしてもらう。——お子さんは、一人ではないから、その美しい男女が、同じく島の美しい娘や、男と結婚するので、この島の人たちは長い年月の間にだんだん美しくなったらしく、僕たちはこの島にはいってまず、島の自然に驚いたが、人々に逢うにしたがって、人間の美しさに驚き、ことに王様一家の若い男女の美しさには驚嘆したわけだ。そして僕はその王様の一家の客として、三日間、泊まることができたので、僕の一生のうちで、この三日間ほど、幸福な時はなかったといえる。

僕は自然の眺望《ちょうぼう》のいい室に泊まり、そして幸福な一家の和気靄々《あいあい》たる空気にひたって、この世とも思えない生活を送ることができたのである。

しかし僕が驚いたのは、見かけの美しさだけではないのである。王様の心の美しさこそ限りないものであった。遺伝の不思議さ、境遇の力の偉大さを僕はまのあたり知った。また教育の力がかれらをいかに完全に発達させたかも、僕は知ったのである。

実際、こんな無私な人に善良な人に僕は逢ったことはないのである。王様は実際島の人をわが子のように思っていて、すべての人が幸福であることを心から望んでいられるので、島の病院は実に完全にできてい、王様は女王様と、一日に一度は大病人を見舞われるのであった。僕も一度王様について病人を見舞った。病人が王様を見る時の感情も、僕には貴《とうと》いものに思われ、人間の誠意を誠意が通じあう瞬間がいかに美しいものかということを、まのあたり知ることができたのである。

実際、世間では真心が真心に通じる瞬間がどういうものであるか、知る機会がない。だから人間には真心は必要がない、必要なのは方便だけとか、策略だけとか思っている。そして策略のうまい、黒を白と言うことが上手《じょうず》でずうずうしい人間が、偉い政治家のように思われている。しかし至誠がないものを僕は信じることができない、ところが、この島では、誠意だけが通じる。少なくも真心が真心に通じる時がなかなか多いので、僕はその点でも、この島に来てよかったと思っている。そして王様は真心のかたまりのような人である。

べつに仕事らしい仕事はしない。閑《ひま》があれば画《え》をかいている。自分の室から見える景《け》色《しき》もかき、また自分のかきたい景色をかくのに都合《つごう》のいい処があれば、誰《だれ》の室でも借りて、そこで画をかいている。だから王様の画はいたる処で見られる。うまい画ではない、少なくもうまさを見せる画ではないが、しみじみしたところがあり、真心で感心しきって自然の美をかいている。だから見あきないものがあり、真心にふれるものがある。

王様といっても政治をとっているわけではない。また皆から税金をとっているわけではない。しかし王様の自由がきく範囲はわりに広いので、王様が何かしたいと言うと、国民はたいがいの場合すぐ賛成して、その仕事を手つだう。またその仕事は必ず島の人々の生命に役に立つ仕事で、王様自身だけのためを考えるような質《たち》ではない。だから島の人は喜んで王様の言うことを聞くのだ。そしてさすがに王様だけあって、島全体のことをいつも考えていてくれるということを信じきっているのだ。

また知れば知るほど、王様ほど無私な人はいないと思われる。なにしろ自分のことを考える必要がないのだ。島じゅうの人は王様を愛し、王様の生活の保証をしているのだ。いい魚がとれればまず王様にあげる。王様は大食漢ではない、よし大食漢にしろ、そうむやみに食べられない。王様はもらうだけではありあまるのである。米でも野菜でも、まず王様ということになるのだ。それは昔からの習慣である。そして王様は、自分がもらったもののいちばんいいものは神様に捧《ささ》げ、そして島人全体の安全と幸福を心から祈るのである。

僕はその祈りを一度見たが、こんなに真剣に祈れるものかと思われるほど真剣である。そして島人の幸福のためには、喜んで自分の生命も捧げる、その誠意が、じかに感じられる。

「私は一人の島人も不幸であることを望みません。どうぞ私をこの島ではいちばん不幸な人間だと言えるように、すべての人を幸福にしてください。私のことはどうでもいいのです」

王様は心からそう思っているので、島の人も、まず王様を喜ばせたいと思うのである。

王様の屋敷には誰でも訪ねることができる。王様は特別に急ぐ用がないかぎり誰ともお逢いになる。しかし物好きに逢う人もないし、王様の仕事は「無為にして化する」ところにあることを知っているから、相談なぞを持ちかける人もいない。

相談に応じる人は他にある。

つまりこの島にも学校があり、その名誉校長をしている人が、いろいろの相談にのることになっている。裁判所のようなものはない、なんといっても小さい島だから、島人に嫌われてはおしまいなので皆、信用を落とさないように、皆に嫌われないように注意しているわけだ。しかしそんな注意をすることを忘れている者が多い、僕なぞもこの島にいた時、誰とつきあっても、こだわりを感じたことはなかった。

この名誉校長のことを島の人たちは大先生と呼んでいる。王様もときにはこの大先生に叱《しか》られるという噂《うわさ》がある。もっとも叱られたところを見た人はいない。そんな噂の出処は、王様自身かららしい。相談や、教えを受けることはあるらしい。僕もその大先生に逢ったが、鷹揚《おうよう》な男で、少しも利口《りこう》そうには見えなかった。「大賢は大愚に似たり」という言葉があるが、この大先生は、大愚に似ている。もう七十近い老人だが、元気で、自分で、したいことはなんでもやっている。

僕がこの大先生に逢った時は、竹を切っていた。なんに、つかうのだと言ったら、孫が弓をつくってくれと言うので、つくってやろうと思っているのだが、なかなかうまくつくれないので、孫に怒られて、今度こそ孫にほめられる弓をつくろうと思っているのだと言って、馬鹿《ばか》笑いをしていた。

「他につくる人はいないのですか」

と聞いたら、

「閑人は、僕だけだから」

と言っていた。

どのくらい賢いのか、知りたいと思ったので、

「この島ではあなたが、いちばん賢いという話ですが、本当ですか」

と愚問を発したら、

「そういうことになっているらしいね。もっとも僕はそう思っているわけではないが、まあ皆がそう思っているのに、反対しないだけだよ。しかしこの島の人に、何かの点で、僕に優《まさ》っているところを持っていない人は一人もいない。おれはまあ、いちばん役立たずだと思っているよ」

「王様はいい方ですね」

「あれは特別だよ。あんな心がけは、普通の人間には持てないよ。まあ、人間ばなれがしているといっていいだろう。どこ一つ、誠意がないところをさがそうと思っても、さがし出せないからね。僕も、心からあれにだけは、頭がさがるよ。もっとも王様は、僕には頭がさがると言っているが、王様の見ている僕は、本当の僕とはちがうよ。王様の目を通せば、なんでも美しく見えるのだよ。王様の画を見ればわかるようにね。遺伝と

いうものは恐ろしいものだよ」

「この島の人は皆いい顔していますね」

「王様の血が、皆の身体《からだ》に流れているのだからね。あすこで清められて、それが島じゅうをめぐっているのだ。しかし時々は島以外のすぐれた人にも移住してもらっているのだ。なにしろこの島は、誠意のない人は住みにくい島だから、いい人でないと来ないよ。こんな面白《おもしろ》くない島はないと、言って帰る人がある。ずるいことはできないからね。怠けたり、懐手《ふところで》したりして金もうけはできないし、女をだますこともできないからね。金もって来たって誰もべつにありがたがりもしない。いい人間でないと皆歓迎しない。人間の値うちだけが通用するのだから、値うちのない人間は、ここでは住みにくい、その代わり、人のいい人間には、こんな住みいい処はないと思うね。君もそう思うだろう」

「そう思いますね、それにこの島は、実に美しい島ですね。私はこんなに、美しい島を見たことがありません」

「それは、われわれの先祖の努力のおかげだよ。もっとも僕たちも、島を美しくすることの責任を持たされているがね。毎年毎年、少しずつ美しくしないと、年末に王様に賞《ほ》めていただけないからね。王様にほめられないと、皆がっかりするよ。今年こそ今年こそと思って、皆働いているのだ。それが、何百年もつづいているのだから少しは美しくなるわけだ。生きているうちに、少しでも世を美しくする、それが僕たちの生きている使命のようなものだからね。皆を幸福にする、この世を美しくする、この二つの目的で、われわれは毎年協力して働いているのだから、よちよちではあるが、何年もたつうちに、効果もあらわれてくるわけだよ。先祖には、偉い人がいたのだ。僕たちはそれらの人にまけないように、二つの目的に向かって、よちよち進んでいるのだ」

「その結果が、美しくあらわれていますね」

「まだだめだが、しかし僕たちは楽しくくらしている。ありがたいと思っている」

「この島でも、問題が起こることがあるのでしょう。万事うまくいっているわけでもないでしょう。不平家もいるでしょう」

「それは、例外はあるものだ。しかしどうにもならないことはしかたがないが、どうにかなることはどうにかしたいと思って、僕たちは働いているのだ。皆、自分をいい人間にしたがっているが、なかなかいい人間になれないのが、はがゆいわけだ。つまり善意はあっても、効果があらわれるのには、なかなか時間がかかるし、努力がいる。この島では、他人に対して不平を言う前に、自分に対して不平を言うものが賢いということになっている。どうも自分は努力が足りないので、面白い結果があがらない。まことにすまない、そう思っていっそう努力するものが、賞賛される。自分はこんなに働いているのに、誰も認めてくれないというものは、馬鹿者だということになっている。自分の本心を信用せずに、他人の思わくを気にするものは、見当ちがいの人間だということになっている。他人本位ではなく、自分本位でゆくのが本当なのだ。しかし自分本位というのは、自分の内心の要求に従順になることで、それに従順になることは、自分のことは第二にして、皆に奉仕する心がけに従順になることだ。自己は死滅するものだ。自己のためにわれわれは生きているのではない。何かもっと大きな目標のために生きているのだ。その目標は、つまり、すべての人が幸福になり、この地上を美しくすることだ。そう僕たちは信じて生きてきたし、今後も生きてゆくつもりだ。この誠意の結晶がつまり王様なのだ。だからわれわれは王様を喜ばせばいいということになるのだ。それはつまりわれわれが幸福になり、この島を美しくすればいいということと、同一のことになるのだ。だから君が見て、この島の人は元気で、あかるく、この島はまた実に美しいと言ってくれたことは、実にありがたい。しかし人間は、もっともっと、幸福になれるはずだし、この島も、もっともっと美しくできるわけだ。だから僕たちはいつも、自分たちの努力の不足を残念に思っているわけだ。しかし残念に思っていると口では言っても、内心は得意でいる時も少なくないのだ。その点、子供のようなものだ。童心は失いたくないと思っている」

大先生は竹を切りながら、しみじみと語った。実際この島の教育は徹底してい、目標ははっきりしている。人数は少ないが、努力はよくゆき、せまい島は、どこからどこまで人間の手によってよく生かされている。

土地もよく肥え、家畜もよくふとっている。それ以上人間が健康を楽しんでいる。病人もいるにはいるが、よくゆきとどく看病は見ていて気持ちのいいもので、衛生思想はもちろんゆきわたっている。

島全体が一つの庭園で、木々の紅葉も意識されてうまくあんばいされて、その色とりどりの美しさは、想像ができないほどで、小鳥も安心して飛び廻《まわ》っている。小鳥の喜ぶ、小さい実のなる木も、適当に植えられていて、小鳥も幸福そうに見える。実際こんなに平和な美しい村は、ちょっと他にはないように思われた。畑や田で働いている人々も、楽しそうで、彼らは働きながらも人生を語り、文学や、美術について話している。労働時間も、あまりながくはなく、自由を楽しむ時間には、皆自分の好きな人々と集まって、楽しくくらしている。

私はそれらの人にいろいろ話しかけてみたが、皆教養があり、心のあり場がはっきりして、陰険な人には一人も逢わなかった。皆、あけっぱなしで、心の底を打ちあけた。そして皆、この島を美しい、楽しい島にしたがっていた。

私は彼らの日常生活をよく知りたいと思った。そして王様の紹介で、ある家に一晩とめてもらった。ごく平凡な島ではいちばん簡単な生活をしている一家だったが、実に人のいい人々の集まりで、いかにも楽しそうにくらしていた。

朝は早く起きた。そして単純な食事がすむと、少し休んで夫は畑に出て行った。

それは若い夫婦の家だった。夫人はなかなか美しかった。王様の姪《めい》だという話で、品のいい女で、しとやかだった。

夫が出たあとは、僕と二人だけで、まだ子供もいなかった。

僕はその夫人と話をしてみた。

「あなたは働かないのですか」

「夫が私の分も働いてくれますので、私は家のことをすればいいのです。私は庭の草花の手入れをしたり、家畜の世話をしたりすればいいのです。今日はあなたがいらっしゃるので、あなたのお世話をするよう、夫に言われましたので、なんでもご用があったら、おっしゃってください」

「毎日の生活に退屈《たいくつ》はなさいませんか」

「したいことが多すぎますから。暇があればピアノの稽古《けいこ》もしたいと思っていますが、その暇がなかなかないのです」

「ピアノはお上手《じょうず》なのですか」

「いえ、下手《へた》の横好きものです。楽しみにやっているので、もし上手なら、家庭なんかもたなかったかもしれません」

「上手な人がいますか」

「ピアノだけやればいい方もいます。私なぞは、ただ好きだけですが、本気にやっている方も何人かいらっしゃいます」

「王様は、あなたの伯父《おじ》さまですか」

「ええ、伯父ですけど、私はめったに逢ったことはありません。夫は時々お逢いしますが、伯父はいろいろの人に逢う用がありますから、私はあまり邪魔《じゃま》をしないようにしています。ですが、伯母《おば》さまにはよくお逢いします。伯母さまもピアノをやっていらっしゃいますから、伯母さまは専門家ではないのですが、なかなかお上手です」

「王様は画がお上手だそうですね」

「まあね。でももっと上手な人はたくさんおいでです」

「私はこの島に来て、島の美しいのに、感心しました」

「この島では毎年、四季に、花を持ち寄って自慢する会があります。この春は、私のつくったのが、三等をとりました」

「そんなに花をつくるのがお上手なのですか」

「種がよかったのです。そして夫がその花が好きなので、私はどうかしてその花で一等をとろうと思って苦心したのですが、三等になってしまったので、喜んだような、がっかりしたような気がしました。来年は一等をとってみようと、今から力んでおります」

「それはおたのしみですね。強敵があるのですか」

「私の強敵は王様なのです。助手がいるのですから。でも私は来年は王様を負かしてみせる自信があるのです。王様は気が多いけど、私はその花だけに全力を出せばいいのですから、負けないつもりなのです。王様も負けないぞとおっしゃっていらっしゃるそうですが、私は勝つつもりなのです」

「勝っても怒られませんか」

「怒られるどころですか、ほめられますわ。王様は、自分が負けることがお好きなのですが、私たちはどうも負ける方が多いのです。王様は最上の条件を具《そな》えていられるのですから、なかなか勝てません。それだけ勝つのはたのしみです。私の夫は、家のことはかまわないのですが、米をつくることは名人で、毎年一等をとるのです。もっともそれで私は夫が好きになったのですが、夫はそれは頭もいいし、働きもので王様も、夫には感心していらっしゃって、米つくりではどうしても負けるねとおっしゃっていらっしゃるのです。一本で、いちばん多く実る点では王様の方が勝つことがあるのですが、一段歩《たんぶ》で、いちばん多くみのりをあげる点では、私の主人は、島一なのです。偉いでしょ。あんな顔をしていても」

「いい身体をしていらっしゃいますね」

「疲れを知らない人です。その代わり、実に身体を大事にしています。稲を大事にすることももちろん一番ですが、稲をいちばんよくつくるのは、身体がいちばん大事だ。頭もよくしておかなければいけないと言っています。どの方面でも一番になる人は、心がけがちがうもので、大先生にお逢いになったでしょうか、今でこそ、大先生は、馬鹿みたように、のんきな人のいい爺《じい》さんで、すましていますが、若い時の勉強というものはたいしたもので、あの人以上の物しりは、この島にいないのです。頭も悪くなかったのですが、勉強もたいしたものだったそうで、三人分ぐらい、一人で勉強したそうです」

「そうですかね」

「この島には、いろいろの方面にずぬけた人がいるのです。この島のいちばんの特色は、すぐれた人がいることだと、私は思っているのです。皆、勉強家です。本当の意味で、それは勉強すること、そのことが人生のいちばんの楽しみだということを皆、知っているからです。頭がいいのでこの島の人は皆生き生きし、この島は美しくなってゆくのです。よく働くのも、働くのが皆生きるのも、頭がいいからです。あなたは、元因《げんいん》を知らずに、結果だけに感心していらっしゃるようですが、いちばん大事なのは元因と思います。善意や、真心が生きるのには、頭がよくなければなりませんからね」

「本当にそうですね」

「生活もできるだけ目的に適するようにするには、頭のよさが必要なのです。また草花を美しく咲かせるのでも、どうすればいいかがはっきりわからなければなりませんからね、わからずにやったら、労多くして効なしですからね」

「本当にそうですね」

「この島では、賢い人の言うことをきくことが大事だということを皆知っています。ですから皆、賢くならなければならないと思っているのです。どうしたら皆幸福になれるか、どうしたらこの島は美しくなるか、皆で考える、意見のある人はかいて、王様に送ることになっているので、それを王様と、他の九人の学者が読んで、いい考えをのべた人は、賞賛もされ、その意見はすぐ実行されるのです。それで少しでも悪い処はなおされてゆくわけです。時々は見当ちがいの意見も出るでしょうが、それは問題にされなければいいわけなので、問題にされる意見は、実地にあてはめて、いろいろの方面から研究され、まちがいがないと思うと、その意見が実行されるわけです。しかしどっちでもいい意見、プラス・マイナスしてみて、あまりプラスの残らない意見はそのまま握りつぶされるわけです。しかしどんなまちがった意見でも、軽蔑《けいべつ》はされないことになっているのです。あなたも一つ意見がおありでしたら、お出しください」

「いや、感心ばかりしているのです」

「そんなことはないでしょう。ですが、五、六年住んでみないと、どこが悪くってどこがいいか、なかなかわからないものですね。私たちみたいに、この島で育ったものは、この生活になれてしまって、いい処も、悪い処も、べつに感じなくなっていると思うのです。私の夫は稲の品種の改良に、興味を持っているのです。畑の土地の改良も、考えています。いろいろ考えて実地にやってみることは、面白いものですね。この小さい島と、周囲の海を、どう生かしたらいいか、私たちは考えているのですが、なかなか楽しみなものです。小さすぎるだけ、いくらでも土地をよくすることもできるので、私たちはその方に努力するつもりでいるのです。この島でどうしたら、三千人の人が幸福に生活できるか、そんなことも考えているのです。考えるということ、そしてそれを実現してゆくということは、本当に楽しいことですね」

夫人は美しい顔を上気さして、真剣な気持でそう言うのでした。

僕はこれらの人の話を聞いて、この島の人たちがなぜ元気で生き生きしているか、また美しさが隅《すみ》から隅にまで及び、作物がよくできているかがわかったような気がしました。

そしてなごりを惜しみながら翌日、便船があって帰って来ました。
この島がどこにあるかということを、お話しできないのは残念なことです。

山谷の結婚

一

僕が退屈《たいくつ》していると、山谷五兵衛がやって来た。例によって何か面白い話はないかと言うと、「少し気がひけるが」といつもの山谷としては殊勝な態度を見せて、

「昨日僕たちの銀婚式だったので、昔のことを思い出した。のろけになって悪いが、それでもいいと言うなら話してもいい」

僕は退屈していたので「それでもいい」と言ったら、得意になって話しだした。

二

僕が三十幾つの時だ。例によってぶらぶらしていた。僕は今でも要領を得ない男だが、その時分も要領を得ない生活をしていた。それで画《え》でもかいてみようかとおもった。もとより本職の画家になる気もなかったのだが、なんとなく画家の生活に憧《あこが》れを持ったというのが事実で、それもあまり高尚な動機ではなかった。僕は今日までなに一つものに

ならず、ぶらぶら過ごして、それでもべつに後悔もしないでくらしてきたのは、いろいろいい人を知って、その人たちから不思議に愛されてきたからだ。

どことい って取柄《とりえ》のない自分だが、悪意がないのと、他人を利用しようという気がないので、皆からも変に信用され、今日までそう困らずに生活できたのをありがたく思っているが、その大半は僕の妻のおかげだと思っている。僕の妻はでしゃばらないから、たいがいの人は僕の妻がどんな人か知らないが、知っている人は皆、僕には過ぎた者の、働き手で、肉体美人のくせに性質は珍しく善良で、どんなに僕が留守《るす》にしても自家のことを心配したことはないのだ。まあ細君運では僕ほど仕合わせなものはないと思っている。妻の方でも僕と結婚したことを、そう不幸とは思っていないらしく、いつも快活で、元気に働いている。そして今でも美しい。僕が仕事らしい仕事をしないで、べつに不安を感じないのは、妻のせいだと思うと、妻がよすぎたことが、僕にとってよかったのか、わるかったのか、そこはわからない。とにかく毎日僕は幸福な気持でくらしているのは事実なのだ。

そんなくだらない話はそのくらいにして、初めて僕が妻を知った時の話から始めよう。妻は昔の話をされるのを喜ばないのだが君はすでに知っている事だし、かくす必要もないと思う。

僕はその時分、本田画伯の処によく出入りしていた。本田画伯は当時全盛時代で、本田画伯の処に出入りしている者は少なくなかった。僕はその内ではあるかないかの存在だが、不思議に本田画伯には気に入っていた。

　ある日画伯の処にゆくと、画伯は上機嫌《じょうきげん》で、理想的なモデルが見つかったと言うのだ。画伯が自分がちょっと関係している研究所に行ってみたら、研究生が皆でモデルをかいているところで、世話人が、本田画伯が来たと言うとたいへんな歓迎をし、「いいモデルが来ているから、先生も一つおかきになっては」と言うので、本田画伯はともかく中にはいってみたのだそうだ。もちろん大きな期待をしているわけではなかったそうだが、はいって一目見て驚いたのだそうだ。前から本田画伯は理想的なモデルを捜していたのだが、どうもこれはというモデルには出逢《あ》えなかったのだが、これこそ自分が多年求めていたモデルだと思ったそうだ。

　顔も悪くないが、身体《からだ》がそう太ってはいないのだが、実に豊かな感じで、線が実にいい、胸といい、腰にかけての線といい、ことに色の工合《ぐあい》が、日本人としては珍しく美しい。本田画伯は夢中になって、そのモデルをほめちぎり、あんなモデルがあんなちっぽけな研究所に、ろくに画もかけない画家たちのモデルになっているのを見て、もったいなさすぎて腹が立つほどだったというのだ。

　いったい本田画伯はあんまり物に興奮しない男なのだが、そのモデルにはすっかり感心したとみえて、ほめるわ、ほめるわで、たいした興奮のしかたで、画伯の奥さんも喜んでいいのか、愛想《あいそ》をつかしていいのか、わからないありさまなのだ。

「そのモデルが明日から来てくれることになったのだ。画家になったありがたみが本当にわかる。若い時初めてモデルに来てもらった時でも、今度ほど、興奮はしなかったろう」

そんな調子なのだ。僕は返事のしようがないので、いいかげんにあいさつしていたが、僕もそんなモデルなら一目でも見たいと思ったのは事実だ。

翌日、今時分先生はモデルをつかっているな、今行けば見せてもらえるな、と僕は思ってゆきたい気がしたが、先生に見に来たと思われるのは癪《しゃく》だし、ちょっと露骨すぎるので、見たいだけなお行くのに拘泥《こうでい》したわけだった。

それでかえって一週間もゆかずに、日曜日に、今日はモデルの休み日だということを知って出かけてみた。

先生は「よく来た。名画を見せてやろう」と言って、僕をアトリエに通した。そこには等身大の裸の女が横臥《おうが》していた画が画架にのせられていた。

僕はその未完成の作品を見て、誇張して感心してみせた。先生は得意になって、

「傑作ができそうだ」

と言った。しかし僕は白状すると、画を見るよりは、先生がそんなにほめるモデルの正体を見たい気の方が強かった。そしてどんなモデルなのだろうかと想像した。

先生は「今度ほど乗り気で画がかけることは今までにない、それにモデルが身体がいいだけでなく、性質も実にいいのだ」などと僕の心を察しないでますますほめあげるのだ。

「自分は実に仕合わせものだ、これでいい画がかけなければ僕は画家とは言えない」

三

僕はその後も本田画伯の処によく出かけたが、いつも先生の仕事をしている午前をさせて出かけた。午前行って、なんとかごまかしてモデルを一目でもいいから見てやりたいと、思わないことはもちろんないのだが、心が見すかされるのと、なんといっても先生を尊敬して恐れているので、先生の仕事の邪魔《じゃま》するのも悪い気もしたのだ。先生はいつも機嫌がよく、自分の仕事がよくゆき、油がのってきていることがわかり、つぎつぎにできる裸婦像がどれもすぐれているので、僕は先生に対しますます感心したと同時に、モデルに対する好奇心もますます増すわけだが、まだ一度も本人を見たこともなかった。

ある日ゆくと、先生はいきなり出て来て、

「よく来た、君が来るのを待っていた」

と、いつもあまり歓迎されたことのない僕がいやに歓迎されたのだ。応接間に通ると先生は小声で、

「実は君にたのみたいことがあるのだ」と言うのだ。

どおりで歓迎されたのだな。何か面白くないことをたのまれるのではないか、金でも貸してくれと言われるのではないか、それとも、なぞと瞬間ちょっと考えた。

だが先生はこう言うのだった。

「実は困ったことができたのだ。それはこのごろ僕の妻がすっかり元気がなくなり、食欲もすすまず、なんとなくいらいらしてきたのだ。僕は気になるので、いろいろ聞いたがたいしたことはないのです。お気になさることはないのですと言う。しかし気にならないわけにはゆかないので、いろいろ考えてみた。そして僕が気がついたことは、いちばん僕にとって厄介《やっかい》なことなのだ。君だから露骨に言うが、つまり妻は、僕があまりにモデルに夢中になっているので、嫉妬《しっと》しないでよそうと思いながら嫉妬しないわけにゆかなくなったらしいのだ。僕のこの鑑定はまちがっているかもしれない。しかしそう思うと、ますますそう思えてくる、僕はいつも妻に画家の妻はモデルにだけは嫉妬してはならないと言って聞かせている。その代わりモデルにはまちがいを起こさないことを約束している。だから妻はどんなに不愉快でも、モデルを断われとは言えないのだ。そう言ってくれれば、僕は怒るにちがいない。また妻もモデルに嫉妬することを恥じている。だから妻はそんな気ぶりは見せない。だがそれで僕が気がつかないうちはよかった。気がついた今、僕は画をかいていても、妻の気持がわかり、ことっという音がしても、神経にさわり、今までのように無心で画がかけないのだ。モデルを断わる気にはなれない。それで僕は、どうしたらいいかと考えたのだ。そして思いついたのが君のことだった。君は迷惑だろうが、よかったら毎日僕といっしょに画をかいてくれないか」

この先生の申し出は僕にとっては棚《たな》から牡丹餅《ぼたもち》でありすぎる。しかし喜びすぎるのもあまりみっともいい話でないから、僕は黙ってもっと様子を見ようと思った。

「君と二人でかけば、アトリエのなかで何をしているかわからないという猜疑心《さいぎしん》の起こる余地はない。したがって猜疑心を起こされてはしないか、という心配はしないですむ。だから僕は安心して画がかけるはずだ。君なら僕がたのめば承知してくれると思う。承知してくれればいつか君がほめていた静物を上げてもいい、どうだ僕を助けると思って、いっしょに画をかいてくれないか」

そう先生は真面目《まじめ》に小声でたのむのだ。そのたのみ方が真剣なのが、滑稽《こっけい》なほどだ。僕はすぐ承知する気になれないほど、先生は熱心なのだ。僕は少し勿体《もったい》をつける気になった。

「それは先生がぜひとおっしゃるなら、私も先生といっしょに、モデルをかければ、こんないい勉強はありませんから、喜んでかかしていただきますが、先生にはたくさんの立派《りっぱ》な弟子《でし》があるのですから、それらの人々におたのみになったら、喜んで承知する人があると思いますが」

そんな人がいては困ると思ったが、ついそう言ってしまったのは、今の日本人は知らないが、旧《ふる》い日本人のあまりほめられない心理状態からかと思う。

ところが先生の答えは、僕が考えているのとまるでちがった。

「そりゃ、いっしょにかかないかと言えば喜んで来る者は、何人もいるが、どれもこっちでいっしょには、かきたくない人たちなのだ。皆自分の考えを持っている人たちで、僕のかき方に対しても批判的な目を持って見たり、また何か教わりたいとがつがつ人の画のかき方を見たり、また自分の事きりわからなくなってモデルのポーズについて不服を持ったりする連中だ。少なくもそばにいられると、いるなという感じのする人間だ。さもないとモデル女にラブしかねない男だったりしてこれはという人は一人もいないのだ。それで僕はいろいろ考えてがっかりしている時君のことを思い出した。君ならいい、君ならいいてもいないでも同じようなものだ。その点君は不思議な人間だ。君とならいっしょに画をかいても、少しも邪魔にはならない。僕の神経にさわらない。君にかぎる、そう思ったのだ」

僕は大いに軽蔑《けいべつ》されているような印象を受けたが、そんなことにこだわる質《たち》でないから、

「私でよければ、引きうけます」

「ありがとう、それで助かる」

先生はすっかり喜んだ。そしてこう言った。

「しかし僕から君にたのんだことを妻に知られたくないのだ。君からたのまれたように妻に話しておくがそれでいいね」

「結構です」

その日僕は先生夫婦に歓迎されて、晩飯までよばれ、帰りに先生の静物をいただいて帰ったのだから、僕も相当な人間、少なくもあまり馬鹿な人間ではないと思った。

四

翌日はもちろん、僕は大喜びで出かけた。油絵の道具一式持って先生の処に乗り込んだのだから、僕もいい気なものだと思う。

先生の大きな画架と二、三間はなれて、先生の旅行用の小さい画架をすえて、なるべく先生の仕事の邪魔にならないように用意した。先生がいろいろ指図《さしず》してくれたことはいうまでもない。

二人は用事をすませて、天女のくるのを待っていた。

「これで安心だ、君だってまんざらいやな役でもあるまい」

「まあ、あまりいい役目でもなさそうですね」

「今に、君の役目のありがたい味がわかるよ。そして僕に断わられたら困るだろう」

「あまり困るようになってから、断わらないでください」

「君に逃げられる方が心配なのだよ」

「男がいっぺん引き受けた以上は、先生がお断わりになるまで大丈夫です」

「断わりはしない。てきめんに、妻の顔色がよくなり、今朝はご機嫌がよかった」

「それはなによりです」

「これで安心して画がかける。来たらしいぞ」

大家の本田画伯、子供のように喜んでいる。自分は初めてモデルを見た。先生から聞かされていやがうえに誇張された自分の想像は現物を見た時、あまりに想像に反して貧弱な感じなのでがっかりした。それは貧相なふうをした平凡な若い女にすぎない。往来でもっと美しい女に逢うことができると思える代物《しろもの》だった。もちろんわるい顔ではなかった。はっきりした、美しい目をした女だった。ただ本田先生から聞かされて、いつのまにか絶世の美人を想像していた僕にとってはあまりに平凡な一個の女にすぎない。

しかし先生と話をしているうちに、だんだん生き生きとしたその顔は、美しい顔だと思うようになった。先生の画とそっくりに見えてきた。それにしても美人という部類にやっとはいれるくらいで、先生がさわぐほどの女とは思えない。僕はがっかりしたことは事実だ。だがいよいよ着物をぬぐと、さすがに珍しく均斉《きんせい》のとれた肌《はだ》のこまかい身体で、胴の廻《まわ》りなぞ実によくひきしまった、そう太ってはいないのだが、豊かな感じのする身体だ。日本人としては足の長さが胴とよくつりあいがとれ、僕はそうたくさんの女の身体を見たことはないが、そのうちではたしかにずぬけて美しい身体にちがいないが、先生の話から想像していたのが、あまりに美しすぎたので、一方がっかりもした。しかしいよいよ画をかきだしてみると、胸といい、腰といい、たしかに美しかった。なによりも若々しかった。先生の方を見ると先生は夢中になり目を輝かしている。

僕はデッサンに手こずってものにならないうちに、休みの時間になった。

先生はご機嫌がよかった。僕の画を見に来ようとするので、

「いけません、いけません」

と僕は必死の声を出したので、先生もモデルも笑った。僕はまっ赤な顔になった。当時僕はもう三十を越していたのだが、幼稚なところを失っていなかった。

モデルは実におとなしい仕事に忠実な静かな女だった。

五

僕は毎日先生の処に画をかきにゆくのを楽しみにしていた。画をかくのが楽しみというよりは、画に才能のない、また特に野心もない僕にはモデルに逢うのが楽しみになった。モデルの身体はだんだん美しく感じるようになり、見あきるどころではなかった。自分の画は下手《へた》すぎたが誰《だれ》も問題にしないので、僕はたいして気にしなかった。かいたものは先生の弟子たちに見られるのがいやで持って帰った。

僕はモデルとべつに話もしなかった。モデルに野心なぞはもとより持とうとは思わなかった。僕はまだ独身で妹といっしょにくらしていたのだが、モデルの方でも僕の存在を無視していたし、僕もそんな気は起こらなかった。そして毎日は無事に過ぎた。

ところがモデルの母が急病で、モデルは二、三日休みたいと断わりに来たまま、一週間たっても十日たっても来なかった。先生は一日ぼんやり仕事が手につかなくなり、ご機嫌がたいへん悪くなった。今日はくるだろう。明日は来るだろうと思っていたが、いつも待ちぼうけになるのだ。モデル料は相当先渡しになっていた。先生も始めは信じていたが、とうとうかんしゃくを起こして僕に見に行ってくれとたのまれた。

それで僕もしかたなくモデルの処を先生に教わって出かけた。なかなかわかりにくい処だったが、やっとわかった。もとよりモデルをやるくらいだから貧乏にちがいないが、想像以上にひどい家で、それも一つの家で二家族ぐらい住んでい、彼女の室は、母がねている一間で、僕が行っても通す処もないというありさまだった。

彼女の母の病気は思わしくなかった。一目見ても重病ということがわかり、骨と皮になっていた。僕が行っても気がつかないようだった。意識がないのか、あってもないふりしているのかわからなかったが、死病ではないかと素人目《しろうとめ》にも思われるのだった。

彼女は僕が行ったので、たいへん恐縮し「人手がないので、お断わりにもゆけないのでたいへんすまなく思っているのです」と言った。

「出られるようになれば必ず参ります。けっして逃げたりはしません」

と言った。

僕は見舞いの用意をして来なかったことを残念に思った。僕の財布《さいふ》には三十円ぐらいきり金がはいっていなかった。僕はそのうちから二十円紙に包んで見舞いと言って置いて帰って来た。

そしてその話を先生にすると、先生はたいへん同情されて当時としては、僕たちにとって大金と思える、二百円を紙に包んで見舞いに持って行ってほしいと言われた。

僕はその使いを喜んで果たした。僕が彼女静子を可憐《かれん》に思うようになったのは、この時からである。静子もこの時、僕をたよりにしたのは事実だった。

静子の母はその後まもなくなくなった。静子の親類たちに葬式の日に逢ったが、皆中流以上と思える人々だった。静子の父が死ぬまでは静子の家は悪くはなかったのだ。

静子は葬式の翌日僕が訪ねると、

「たいへん困ったことができた」と言った。

「何か」と聞くと、親類が自分をあずかると言うのだ。そしてそうなると先生の処にお伺いできなくなりそうなので困っていると言うのだ。

「行きたいのか」

と聞くと、

「行くのはいやなのだが、一人でここにもいられない」と言うのだ。

「それなら私の処に来ませんか、一室空《あ》いています」

僕は深い考えもなく、例のオチョコチョイの性質で、そう言ってしまった。

「そう願えれば、こんな嬉《うれ》しいことはありませんが、奥様とご相談なさらないでもいいのですか」

と言う。僕は妻はないことを白状しようと思ったが、そう言うと、静子は僕の処へ来るのを躊躇《ちゅうちょ》するだろうという気がした。

それで悪いとも思ったが、妹もいるのだから、ごまかすことにして、

「大丈夫です、貸したがっていましたから」

と嘘《うそ》を言った。

そしてその結果、静子は僕の家に来たのである。僕に妻があると思って、しかし僕の方にも野心があって嘘を言ったわけではなかった。しかしいよいよ来るときまってから、僕はなんだか先生に悪いような気がした。

先生に黙っているのも悪い気がしたが、先生に静子の居処を知らせる勇気もなかった。僕はその後も先生の処に画をかきに静子と別々に出かけたのだ。静子は僕の神経を察してくれて、僕の処に引っ越したとは言わなかった。先生もまたそんなことは聞きもしなかった。今までどおりに画がかけるのを喜んだ。

六

しかしその後万事うまく進んだと思うと大まちがいである。僕がいちばん恐れていたのは、僕が独身であることを知った時、僕が瞞《だま》して静子をわが家によびよせたように静子自身に思われることだ。

そう思われるのはいいとして、そのために静子が僕に野心があると取って怒って、飛び出すことだ。

僕には悪気はなかったと思う。だが、静子をだんだん好きになってきたのは事実であった。これは僕にとってはやむをえない事実で先生に対しても、静子に対しても、たしかによくない態度と思われる。先生は知ったらさぞいやに思われるだろう。そして僕のやり方の賤《いや》しさに愛想をつかされるだろう。静子も僕が野心があってよんだと取れば、必ず不快に思うだろうと思った。

ところが静子と僕の妹の貞子とはすぐ仲がよくなった。貞子の方が二つ齢上《としうえ》なのである。それで静子は貞子の方を姉さんと言っていた。静子はもちろんまもなく貞子が僕の妹だということを知ったが、それで僕に対してたいした反感も感じないようだった。

「あなたの奥さんにしては、お姉さんはあなたにあまり似すぎていると思いましたわ」

そんなことをある時言った。もういちばん心配していることは無事に過ぎた。先生の方もべつに心配するほどのことはなく、万事無事にすぎるように見えた。

だが、そのころから僕の内の意馬心猿が、ややもすると狂い出しかけてきた。しかし静子は冷静さを失わなかった。僕をある所以上近づけようとしなかった。僕も静子に嫌《きら》われるのが何より怖《こわ》かったので、静子が先生の前に裸になり、先生の言われるとおりの姿勢をするのが、だんだん見ていられなくなってきたことだ。そして先生を崇拝して、先生の画のためには、喜んでいつまでもモデルをしているというその心がけに反感を感じてきたことだ。

先生に対してそんな感じを持つ資格のないことは重々知っている。しかしいくら資格がないと理性はいっても、感情はそれを許してくれなくなった。先生と静子がいっしょに愉快そうに笑うのを聞くと、僕はいきなり画架を蹴飛《けと》ばしたくなったり、画布をパレットでつきさしたくなったりしてくるのだ。しかし僕はつとめて冷静にするよりしかたがなかった。

そんな気持で先生の処に相変わらず通っていた。静子は家では行儀のいい子で、肌《はだ》一つ見せようとしない。僕は肌を見たいために先生の処にゆき、今までよりもむさぼるように静子の身体《からだ》を見つめる、画筆は思うように動かない。

ある日、本田先生は不意にどなった。

「山谷、君は何を見ているのだ。そんな目つきして画がかけるか、君はもう明日から来なくっていい」

僕はそう言われると僕としては一生一代かっとして言った。

「先生が来るなと言えばもちろん来ません。あとで後悔なさっても知りません」

僕はいきなり立って、かきかけている静子の肖像をめちゃめちゃにこわして、アトリエの戸をがんと音がするように締《し》めて、飛び出してしまった。

静子はすぐ僕のあとを追って帰ってくるかと思って、外に出てしばらく待っていたが、静子は出て来なかった。僕はもう静子を失ったと思った。そして勝手にしろと心で叫んだ。涙がとめどもなく流れ出た。

僕はすぐ家に帰る気になれなかった。方々歩き廻《まわ》ってくたくたにくたびれて家に帰って来た。するとすました顔して静子が僕を迎えた。僕はいきなり静子の頰《ほお》を打ってしまった。

「何をなさる、お兄さん」

貞子は言った。

「出てゆけ」

僕は静子にそう言った。静子は泣き出した。

「お兄さん出ていらっしゃい。静子さんみたいなおとなしい人をなぐるなんて、お兄さんは恥知らずの馬鹿だ。お静さんは兄さんのお帰りが遅《おそ》いので、何度もお兄さんを見にいらっしったのです」

僕もそれを聞くと泣いた。

三人黙って家にはいった。それから三人でしんみり話をした。

静子はもう先生の処にはモデルにゆかないとお断わりしてきたと言った。静子は先生に僕の処にいることを告白した。

先生も来なくっていいと言ったそうだ。それから二、三日して先生から手紙が来た。

「こないだは、醜態を見せて恥ずかしく思っている。妻は君たちが結婚する気があるなら喜んで仲人《なこうど》役をしてもいいと言っている。僕は静子さんを今でも崇拝している。君にはすぎる女と思うが、これも君の善良な犠牲に対する神のお慈悲かと思う。僕は君たちの幸福をのぞんでいる。君が許してくれるなら、今までどおりに交際したいと思う」

僕たちはもちろん喜んだ。そして二人で本田画伯を賛美したのである。

彼の羨望

一

山谷五兵衛の話は、どこまで本当か、どこから嘘《うそ》か、私は知らない。全部つくり話かもしれない。しかし彼はどこまでも本当のような顔をして話すのが得意である。僕は小説の話でも聞いている気で聞くことにしている。さもないと、本当の話か、などと聞くと彼の落とし穴に落ち入るようなものである。いかにも本当らしく嘘をつき、いかにも嘘らしく本当のことをしゃべる。そして聞き手に、好奇心を起こさせる。それが彼の手である。

だから僕は好奇心を起こさずに、彼の言うことをただ冷淡な顔をして聞くことにしている。彼は冷淡に聞かれるのがいちばん嫌《きら》いで、冷淡な顔をしていると、ますます話に熱中し、話を誇張し、僕の好奇心を起こさせることに専念する。それが面白いので、僕の方もますます冷淡な顔をする。そこでますます熱心に、ある事ない事を語り出すのである。

二

山岸三郎を君は知っているだろう。いくら芸術の方面に無知な君でも、山岸の名くらいは知っているだろう。有名な画家だから、彼のひと月の収入は百万円を下らない。なにしろ一日に三、四枚の油画《あぶらえ》はかける。その油画が、一万円以上に売れるのだ。少し大きな画になると何万円で飛ぶように売れるのだ。もちろん彼は成金に好かれる画をかく男で、芸術の本当にわかる人間からはあまりほめられない。ともかく芸術家肌《はだ》の男というよりは、実業家肌の男という方が本当だ。素人目《しろうとめ》に実に美しい画をかく。裸体画をかかせば、甘い美しい裸体をかく。女の肖像をかくことがことに得意で、実に要領よく美しくかくので、女の人に絶大の人気がある。いつ行っても、たいへんな来客だ。あれでは画をかく暇がないと思われるが、彼の夫人は有名な美人でもあり、社交家でもあるから、来客をうまくあしらっている間に、山岸は画をかき上げて姿をあらわす。時によると写真屋に行ったような時がある。美しい女が四、五人順番を待っている。一人が呼ばれて三十分ほどたつと、その人が出てくると、次の人が呼び込まれてゆく、その人がすむとその次、いや嘘じゃない、僕が実際見たのだから。もちろん、いくら山岸でもそんな日ばかりつづくわけではないが、ひと月に二、三日はそんな日もあるのだ。午前は自分の本当の仕事をし、午後は金もうけの仕事をするのだといつか言っていたが、なにしろ疲れを知らない男なのだから、一日にいくつ画をかくかわからない。多々益々可なりと言っている。

実際、あのくらい画の好きな男はなく、またあのくらい、その方の才能のある男を知らない、子供の時から画が好きで、小学校時代から有名な画家になるだろうと皆から思われていた。そのうえ、彼は馬鹿ではない、その反対である。少し利口《りこう》すぎるのが、彼の欠点で、彼の悪口を言う人間は、彼の趣味がよくないことと、彼が金もうけの上手《じょうず》なことと、彼の悪達者なことを惜しがる。うまいことは誰《だれ》も認めるが、うますぎて味がない、といわれる。俗気がありすぎるとも言う。

しかし、彼は僕から見て俗人だとは思わない。むしろ彼はお人よしすぎるのだ。金もうけはもちろん嫌いではないようだが、金もうけのために仕事をするのではなく、他人を喜ばしたいと思いすぎるのが、彼の欠点といえば欠点で、金はおのずともうかるにすぎないといっていい。断わりたい時でも断われないので、つい金がもうかるともいえる。ただ彼はあまりに気がきき、画がうますぎるのでどうかけば相手に気に入るかを知りすぎている。相手を喜ばしたいと思うので、つい相手に気に入る画をかいてしまうのだ。自分でも、それに気がつき、自分でよくない癖だと知っているのだが、たのまれてかくと、つい知らず知らず相手が喜びそうな画をかいてしまう。

そのひどい例をあげると、彼が個展をした時、十二点出したが、どの画を誰が買うかを十点まであてたのには自分でも気味がわるくなったと自分で言っていた。

そういうわけだから金がはいるのは当然で、その金をつかうのも、じつに派手《はで》なので、一方評判がよくないが、性質はさっぱりしているので、俗人といってしまうのは気の毒なのだ。

三

ひじょうに親切気のある男で、弟子《でし》やモデルにはとくに親切であるが、その他の人にもなかなか親切で、思いやりがあるから、周囲の人からは先生先生といわれて大事にされ、小さい世界ではあるが、そこの王様のような生活をしている。ただいい人は近づかない、近づくのは金のほしい連中だ。そういう人が近づくのでいい人はだんだん遠ざかる。山岸にはこのことは淋《さび》しい事実にちがいないが、しかし一方おだてられるのが嫌いでもないので、皆におだてられて得意になっている。王侯のような生活に誇りを感じ、時には傲然《ごうぜん》としている。しかし馬鹿な人間ではないから、それではいけないと思って、このごろは午前は、モデルをつかって、デッサンのやりなおしをするのだと言って、勉強することにしたと言っていたが、できあがった最近の画を見れば、ますます達者でべつに変わったとも思えない。生活はますます派手で、とりまきはますます俗で、ちょっと僕でもよりつけない空気になってきている。

しかし僕はまだ見切りをつけない。なんといっても、才能もあり、野心もあるのだから、そして本当にいい、芸術もわかるのだから、俗になりきる男とは思っていないのだ。

しかし生活はますます乱暴になってゆく、生活を変えないではよくないと、僕は時々注意してやるのだが、よくわかっているといいながら、実際は、ますます荒《すさ》んだ生活にはいっているのではないかと思う。また勢いがそうなっている。周囲がよくない。

それも皆、身から出た錆《さび》にはちがいないが、金の力の魅力がよくないともいえる。へんな女を世話する者がいるのではないかと思う。それで健康を損《そこ》ねればかえっていいのだがますます健康なので、かえって始末が悪いのだ。

病気をすればその間に、いろいろ反省もでき用心もするようになるのだが、山岸の身体は健康すぎて、病気をしたことがないのだ。もっとも非常識な男ではないから、乱暴な生活はしても、ある程度でとまって、それ以上でたらめな生活をしているわけではない。夫人もなかなか利口者だから、時に見て見ぬふりしても、夫の生活を遠まきに監視して、あまりひどいことはできないようにしている。しかし僕たちから見ると、相当でたらめな、金づかいの荒い生活をしている、今どきに仕合わせな男もいるものだと思う。実際、金でたのしめるものは、何でも得ている感じだ。羨望《せんぼう》に値すると思われる。しかし当人はべつに仕合わせとも思っていないらしく、先日逢《あ》った時も、

「夢中になれるものに、ぶつかれないので面白くない」と言っていた。

齢《とし》は今五十の働き盛りで、油こい生活をしている。いっしょに骨董屋《こっとうや》に行ったことがあるが十万円ぐらいの品物を見て、「安いなー」などと言って、僕を驚かした。そのく

せ何も買わずに出て来て、

「このごろは夢中にほしいものが、なくなって淋しいよ」

と言っていた。何を見ても満足できない、何をかいても満足できない、どんな女を見ても、夢中にはなれない、いつも最後の点で満たされないものを持っている生活をしていると言って、淋しく笑っていた。

「君は贅沢《ぜいたく》すぎるよ」

と僕が言ったら、

「僕は、君にだけ言うが、僕は気が弱いのがいけないのだ。もう一歩というところが、どうも踏み切れないのだ。だがその方が仕合わせなのか、不幸なのか僕にはわからない」

そんなことを言った。

「満足のできる望みと、満足のできない望みがあると思うね。満足のできる望みは餓《う》えを知ったり、渇《かつ》えを知ったりするものでないと持てないものかもしれない。僕のようにいつも満腹することができるものはかえって不幸なのかもしれない。金のない時、つまらぬものを買って満足したほどの満足は今百万円出しても得られないのではないかと思うよ。もっともそれは僕の心が少し荒んできたせいかもしれない。昔興奮できた名画を見ても、あまり夢中にはなれなくなった。昔は、どんなモデルの裸でも興奮して画をかいたものだが、このごろはたいがいのモデルを見ても、満足できなくなっている。僕を夢中にさせ、恐畏《きょうい》してかきたくなるようなモデルがいたら、一日一万円出しても、僕はかきたいと思うが、そんなモデルに出逢ったことはない。たまにこの女がモデルだったらと思う女に出逢うことがあるが、それだって、よく見れば、それほど夢中にはなれない。その点、僕は若い時のような気持にもう一度なりたいと思うよ。仕事も、楽にできすぎては、張り合いがないので、一生懸命になって画をかきたいと思うが、いざかこうと思うと、手がすらすらと動いて、停滞しないので困るよ、僕はどうも少しかきすぎたようだ」

そんなことを告白したが、あとでからからと笑って、「しかし僕はそれを仕合わせだとも思っている。ずいぶん下手《へた》な画を、てこずってかいている人が多すぎるのだから、それらの人を見ると、馬鹿に見えて、自分は仕合わせだ、贅沢なことが言えるだけでも」と言って、またからからと笑った。

得意でもあるが、同時に、満足はしていない淋しさも感じて、贅沢な奴《やつ》だとも思ったが、痛快にも思った。

四

ある日僕はその男と銀座を歩いた。そして画商や、骨董屋をひやかして歩いた。どこへ行っても、彼のもて方はたいしたものだった。しかしそのもて方は表面的なもので、彼らが本当に彼の仕事を尊重していないことを僕は知っていた。彼の陰口は、あまりいいものではないことを僕は知っていたから。しかし彼はそんなことは感じないで、得意になって当然受けるべきものとして、尊敬を受けとっていた。

また人々はかげでは悪口を言っていたが、腹ではどこか彼を尊敬しているのではないかと思う。僕自身そうである。彼の画の話になると僕も賞《ほ》めたことはない。なぜかというと彼の画をほめるのは、成金趣味を賞めることであり、自分が俗人であることを証明することだから。しかし彼の人となりには、どこか愛すべきところがあったし、彼の画もともかくうまいのだから、口で言うほど、内心で軽蔑《けいべつ》しているわけではない。ことにともかく高価でどんどん売れるのだから、市場価値はあるのだから、われわれもそれを認めないわけにはゆかないのだ。だから彼といっしょに歩くのも、いささか僕は得意になっているわけで、彼と友だちづきあいをして、言いたいことを平気で言うことで画商や、骨董屋からも一目おかれることになるわけである。だから僕は彼を口で言うよりは腹で尊敬しているのは事実だ。また彼はさっぱりした、善良な、愛すべき、子供らしい男にはちがいないので、厭《いや》な男ではなかった。

このごろの銀座は、君も知っているとおり、なかなか賑《にぎや》かで、いろいろの人が通る、時々彼を知っている者もいて、彼に挨拶《あいさつ》する、彼に挨拶しない者でも、彼を知っていて、ふり返るものもある。彼はそれには気がついているのか、いないのか、僕は知らないが、彼は昂然《こうぜん》と歩いている。たしかに彼はしゃれ者で、とびきりの服装をしている。男ぶりも悪くはなく、実に堂々としている、女にもてるだけのことがある男だ。ふり返る女には、彼の名よりも彼の服装による方が多いのかもしれない。ともかく銀座を歩いても、彼の服装は目立つ方だ。ともかく今どきに、彼くらい、得意になっていい人間は少ないように思う。

ところが、彼は歩いていて、ふとある小さい画廊の前を通った時、その表看板を見ると、ふとその画廊の中にはいった。その画廊では無名の人の個展が開かれていたのだ。そこには見物人は一人もいず、年とったよれよれの和服の貧相な老人が一人腰かけていた。

彼がはいっても彼の方を見ようともしなかった。しかし僕は横目でその老人が白眼視しているのを知っていた。そこへ店主があわてて出て来て、山岸の光来を大いに光栄に思っていることを、言葉と身ぶりで示した。かの老人はそれにも気がつかないように、見当ちがいの方を見ていた。山岸は、鷹揚《おうよう》に、店主に対して挨拶していた。そして画を見だした。僕はその貧相な画を見る気がしないので、そこにあった空《あ》いた椅子《いす》に腰をかけてぼんやりしていた。そして僕は驚いた。

いったい、山岸は画を見るのは早い方で、たいがいの展覧会を見に行っても、一室にはいると、廻《まわ》れ右をして、一べつを与えるとすぐその室を出る性なのだが、ここではどういう風の吹き廻しか一つ一つの小さい画の前に突っ立って、なかなか動こうとしないのだ。こんなことはよほどの名画の前でないと見たことのない態度で、僕はそれにはすっかり驚いた。そして僕もあらためて見たが、べつに面白い画でもなく、実にまずい、貧相な画なので、僕は椅子から立つ気がしなかった。しかし山岸の態度は異様であった。一つ一つ丁寧《ていねい》に見て歩くだけではなく、あともどりして、今まで見た画をまた戻って見なおしたりした。

そして一とおり丁寧に見てから、店主のすすめる椅子につき、出されるお茶をのんだ。その間も彼の心はその画に奪われているようで、ひと言も言わなかった。

そして沈黙を破った時僕に言った。

「この画をよく見ろ。僕の画と正反対の画だ。そしてこれこそ本当の人間の心のこもっている画だ」

僕は山岸の目に涙がたまったのを見たと思った。僕は驚いて立ち上がって、改めてそこにかかっている画を見たが、僕はべつに変わった画とも思わず、少しもいい画とも思わなかった。ただ正直にかいてあるが、いかにも下手《へた》で、形さえとれていないのがあると思った。

山岸がなぜこんな画に感心したのか、感動したのか、僕には判《わか》らなかった。かの貧相な老人は居眠りをしているように見えた。僕は一とおり見てまた山岸のそばに戻り腰を下ろした。

「たいした画だ。そうは思わないか」

小声で、しかし力のこもった声で山岸は言った。

「思わないね」

「君にはこの画のよさはわかるまい」

「君は買いかぶっているのだ。何か思いちがいしているのではないか、君は自分の幻影にだまされているのではないか」

「僕も初めそうかと思った。しかし見れば見るほど、僕はこの画に感心しないわけにはゆかない。これこそ本当の画だよ。僕はこんな画がかきたかったのだよ」

気でも違ったのではないか、僕はそんな気がするほど、いつもの彼とは違った言葉つきだ。

そして山岸は店主に聞いた。

「あの居眠りしている老人がこの画をかいたのですか」

「そうです」

「売れましたか」

「一つも売れません。それで私も実は心配しているのです。私の友人にすすめられて、やったのですが、第一、見にくる方もほとんどないのです」

「高いのですか」

「号三百円ぐらいにしてあるのですが、どうせ売れないのですから、もっと安くってもいいと思っているのです」

「号三百円は安すぎますよ。号千円にしなさい」

「そんなにしたらなお売れません、どうせ売れないのですから高くしてもいいのですが」

「明日になれば皆売れますよ。号千円で売りなさい」

「本当ですか」

「僕は二つ売ってもらいます。売れ残った奴でよろしい。どれも僕には気に入っているのですから。しかし一つはあの静物にしてもらいますか」

「あの人にご紹介しましょうか」

「いや、僕の名など言ったら、かえって怒られるかもしれません。眠らしておきなさい。それでは失礼します。僕の名は言わないでください」山岸は店主が辞退するのもかまわず一号千円で二枚分、六号と八号の代一万四千円を払った。

そしてあとも見ず店を出て行った。出ても彼の足はいつもよりなお早かった。僕はあとをついて歩くのに困った。一町も歩いた時、彼は僕がおくれているのに気がついたらしく、ふり返って立ちどまって、僕を待った。

「どこかでお茶をのもう」

そう言って山岸は彼がよくゆく喫茶店にはいった。もちろん、ここでも彼は大歓迎された。

彼は電話を借りて、彼のものをいちばんよくあつかう画商にすぐ来るように言った。

そして席に帰って言った。

「今日は僕にとって忘れられない日になった。僕は画はどういうふうにかけばいいかを今日本当に知ることができた。

僕は今までの画に満足できなかった元因がわかった。僕はあの老人の画を最上のものと思っているわけでもなし、ああいう画をかきたいとも思っていないが、あの老人の不滅の仕事は心をうたれた。あの誠実さ、あの一心さ、あの自分の目を信じ自然を見て、全精神で肉薄して、その他のことを忘れきっている点には、大いに教わるところがあった。僕は自分の画の欠点がどこにあるか、本当にわかった。自分の足が地面にくっついているつもりだったが、根がはるところまでいっていなかった。あの老人の仕事には、根があり、それが自然の無限の深さにある生命の泉に達していて、そこからあの味が出ているのだ。僕のはうわっ調子すぎた。見られる方に気を奪われすぎていた。今日は本当にいい日だ。ぶつかるものにぶつかった」

画商が来た時、彼は、あの展覧会の画を残らず買うことをすすめた。値切らずに買うように注意した。けっして損はさせないと言った。いろいろの人に買わせたいと思っているが、君のところに一まとめにしてあれば、それらの人に一々知らせて買わすより手っとり早いからと言った。

「本当に今日はいい学問をしたよ。あの老人のように自分はなりたいとは思わないが、生活もひきしめて、一度に、いろいろのものをかこうとせず、一心に仕事をしたくなった。何をかくかというよりは、自分の本心を全部一処に集中してかくことが大事なことが、本当にわかった」

五

しかしその後、山岸の画は変わったとも思わなかったし、山岸の生活が変わったともべつに思わないが、一つの少女の肖像に一か月午前中かかって、かき上げたのが一つ山岸の画としては珍しい画だが、特別にできがいいとも思わなかった。

山岸はある日僕にこう言った。

烏《からす》が孔雀《くじゃく》の真似《まね》をするのは滑稽《こっけい》だが、孔雀が烏の真似をするのはそれ以上滑稽だ。芭《ば》蕉《しょう》が枯れ枝に烏をとまらしたのを天下の人が感心したので、孔雀が枯れ枝にとまってみせたら、どんなことになるかね。僕は自分を孔雀とは思っていないが、自分の柄にあてはまったことをしないで、誠実な写生をしようとしても、それは滑稽な結果になるにすぎない。生活もそうだ。僕はどこまでも、生活を楽しんでゆくのが本当と思っている。それでいい画がかけないからと言って、貧乏暮らしをしなければならないとは思わない。僕は貧しい生活をしていい画を後世に残すのと、自分勝手にこの生活を楽しんで、後世にはどうなってもいいという生き方と、どっちが本当かとこのごろ考えている。僕はこの世で不幸でも後世に大傑作を残したいと一方思っているのは事実だ。しかしこの世で楽しむだけ楽しんで、現世に何も思い残すことのない生活をすれば、あとはどうなってもいいという考え方も、まんざら捨てたものではない。

僕の画は後世の人は何と言うかしらないが、僕は現世を十分に楽しみ、思い残すことがない生活をしたいという根性《こんじょう》はなくならない。そこが僕の画家としての天分よりは実際家としての血を多量に持つところかもしれない。

しかしその僕が、あの老いぼれた貧乏画家のことを思うと、羨望しないではいられないのはどういうわけか。そしておそらく、あの老画家は、僕のことなど眼中に入れていないであろう。そして今でも一心不乱に画をかいているだろう。仕合わせな奴だ。しかし彼の真似をしたいとは思わない。

彼はそう言った。そして彼は今晩はひとつ皆で大いに愉快に過ごそう、と言った。

彼の夫人は大いに賛成して、方々に電話をかけた。夕方から若い男女が集まって来て先生を囲んで、酒をのみ、山海の珍味を集めるだけ集めて、賑《にぎや》かに話を交《かわ》した。

話がすんだあと、有名な舞い姫が来ておどったり、また有名な歌手が歌をうたったりした。人々は皆楽しそうにした。僕はその席にいて、実に彼を幸福な男と思った。

だが彼はさぞ得意にしていると思って、彼の方を見ると、彼はあらぬ方をぼんやり見つめていた。そこにはあの老いぼれて居眠りしていた画家の静物がかかっていた。気のせいか彼の目に涙が宿っているように思った。しかしこのことに気がついたのは僕だけだった。

美人

一

山谷五兵衛に君の話を集めて本にしたいと思っていると、つい言ったら、彼は大喜びでいろいろあること、ないことを話す。僕はまたその話をうろ覚えで、勝手に変形して書く、山谷はそんなことはいっこう、気に兼《か》ねない男だ。自分でも口から出まかせに話すので、二度と同じ話はできない。ただ彼の取柄《とりえ》は、他人からどんなに馬鹿にされても、なんと誤解されてもいっこう平気なことである。

二

十五、六年前の話と思うね、はっきりしたことはもう覚えていないが。

僕の悪友がやって来て、いろいろ話をした。その時、どういう話のついでだったか忘れたが、この世に本当の美人というものはいないと僕が言ったら、彼はいると言うのだ。

「それは比較的美しい人はいるが、美人と言っていい人に僕はお目にかかったことがな

い」と言ったら、

「それはめったにいるものじゃない」と言う。

それで僕は当時美人というほまれの高い女を見たけれど僕には美人とは思えなかったと言った。

「それは美人というのは半分以上主観的なものだから、他人が美人だといっても、自分が見て美人とはいえない場合もある。しかし本当の美人を僕は一人知っている。なんなら見せてやろうか」

と言った。

僕はべつに期待しなかったが見せてくれと言った。

「それならこれからゆこう」

と言うのだ。

僕はどうも瞞《だま》されているような気がしたが、ついてゆくことにした。どこをどう歩いたか覚えていない。ともかくずいぶん歩かせられた。僕はついて来なければよかったと思った。彼は歩きながらこう言った。

「もし僕がつれていって君に見せた女を君が美人だといわなかったら、僕は君と絶交するね」

と言った。

「君と絶交すれば僕は助かるよ」

と言ってやったら、

「僕だって君と絶交しても少しも困らないが、しかし今日は絶交はできないだろう」

「こんなに歩かせられて、美人に逢《あ》えなかったら、僕の方こそ怒っていいわけだね」

「僕だって君をつれてこんなに歩かせられて、喜んでいるのは、美人を拝めると思うからだ」

「君一人でゆけばいいじゃないか」

「一人でそう始終はゆけないよ、いつか君の話をしたら、そういう面白い方なら逢ってみたいと言っていた」

「どうもますます眉唾《まゆつば》だね」

「まあそんなところだと思っていたらいいだろう、あとで驚いてなんと言うか聞きたいものだ」

僕はついてこなければよかったと思った。それほど、友だちの早足について歩くのに閉口《へいこう》した。そしてよく話も聞かずに、すぐ承知して友だちにつれられて出て来た自分の愚かさをいまさらに後悔した。そしてその家に行ってみると稀代《きだい》の醜婦でもいて、僕が驚くのを見て、大笑いをしようと思っているのではないかと思った。

もちろん、一方そうは思うものの、本当の美人に逢えるのだとも思わないわけでもなかった。そして虫のいいことを考えないではなかった。しかしそう考えれば考えるほど、その反対も考えないわけにはゆかなかった。

がっかりする時の用心をしていたわけだ。

「ずいぶん遠いのだね」

「もうじきだ」

そう言われてからも、何町か歩かせられた。とうとう目指《めざ》す家に着いた。

三

ちょうど四月の末だった。しゃれた門の中にはいると、白藤の花が咲きかけていた。一見してちょっと東京にこんな家があるかと思う風雅な家である。堂々とした家ではないが、いかにも気持のいい、こった家だった。僕には前の話で、委《くわ》しいことは覚えていなかったが、その白藤が美しかったことと、玄関があまり大きくはなかったが、しゃれていたのと、家がなかなか広そうなのに感心した。同時に僕はがっかりした。

僕は芸者とか、女給とか、少なくもそれに似た商売女の処につれてゆかれるとなんとなく思っていたのだ。ところが僕たちとは比較にならない立派《りっぱ》な家に案内されたのだ。

そして応接間に通された。その取りつぎに出た女中がなかなか美しかった。

「今のか」

と僕はうかつにもそう言った。友だちはすまして、

「美人と思うか」と言う。

「綺麗《きれい》とは思うが、まだ美人とはいえないね」

「そうか、君は存外目が高いね」

応接間に通ると、まもなく、その家の主人が出て来た。そして、

「よく来てくれた」

と言った。そして僕が紹介されると、

「あなたのお噂《うわさ》はよく聞いていました、よくいらっしゃってくださいました」

と言った。僕はなんだか力ぬけがした。

「まあ庭を見せていただいたらいいだろう」

と友だちに言われて、庭を見て僕は実際驚いた。実に美しい牡丹《ぼたん》がたくさん植えられていて、それが今を盛りと、咲ききそっているのだ。手入れがよくゆきとどいているので、花がどれも実にみごとに咲いているのだ。僕は夢のような気がした。

そこにさっきの女中が、もう一人の女中とお茶とお菓子を運んで来た。

そのもう一人の女中を見て、僕は思わず、

「美人だ」

と言いたく思った。しかしそう思った瞬間に第三の女が、あらわれた。

一目見て僕は冑《かぶと》をぬいだ。

実際美人というものはいるものだと思った。

今までの二人は、第三の女、つまり奥さんに比べればただの女にすぎない。三段ぐら

いあるいはそれ以上、人種がちがうのだと言いたいくらい、美しいのだ。目千両という言葉があるが、こういう目をいうのだろうと思った。僕は完全に友だちに負けた、負けすぎた。

友だちはどうだと勝ちほこった顔して僕の方を見た。僕は表情で完全に負けたことを示した。

夫人はそんなことには気がつかないように愛嬌《あいきょう》たっぷりに僕たちに挨拶《あいさつ》した。

四

僕は夫人の顔を見ていろいろ考えた。美というものの魅力はどこからくるのか、仏教では美人でも皮一つはげば見られたものでないことを語っていたかと思う。頭蓋骨《ずがいこつ》の上に肉と皮とがくっついている事実は他の女とちがったわけではない。また特別にすぐれた精神を持っているわけでもない。特別にすぐれた愛情を持っているわけでもあるまい、また人間として優秀なわけでもあるまい。それなのにその美しさからくる魅力は他の女の人とは比べものにならない。

傾国《けいこく》の美人という言葉があるが、美人の魅力の強さはこの世でいちばん不思議なものだといっていいように思う。この力はどこからくるのか、目の形、鼻の形、口の形、顔の輪廓《りんかく》、たしかに一つ一つもよくできているが、それが集まってどうしてこう美しく感じられるのか、実にすべてがよく調和してできている。しかしそれがどうしてこうまで魅力を発揮するのか、僕の粗雑な頭でははっきりしたことは言えないが、僕はその美しさの魅力にすっかり感心して、つい見とれるのだ。夫人はそんなことには馴《な》れているのか、少しもこだわらずに、惜し気もなくこっちに魅力を発揮してくる。僕はあんまり見とれては主人に対しても悪いと思いながら、また見ないのも悪いような気にもなるのだ。

僕は少年の時に、同級生に、すばらしい美少年が一人いた。自分はその美少年をひそかに愛したが、とうとうその美少年とは個人的につきあわなかったが、その後女にもこの美少年に匹敵するような美人にはあったことがないと思っていたが、この夫人はかの美少年にも優《まさ》るといいたい美人だった。見ないうちはとても想像ができない美しさだ。

なんだか、ここの家そのものが、この世には見られない世界のように思われ、ここの主人ほど仕合わせなものはまたとあろうかと、つい思われてくる。嫉妬《しっと》を起こすには、自分の世界とちがいすぎる世界に住んでいる人々だ、金の苦労などまるで知らない人々に思われた。

改めて僕はこの室にある品々を見た。僕にはよくわからないが、ここにかかっている油画も、英国あたりの古大家がかいたものらしく、その額縁《がくぶち》から見ても、高価なものだということがわかる。その他の品も十七、八世紀の西洋のものではないかと思われる。僕にはあまり興味の持てないものだが、落ちついた品のいい品々で、自分の存在を主張しているものはなく、全体から受ける感じは、贅沢《ぜいたく》を通り越したと思われる。地味《じみ》だが、贅沢以上の贅沢品と思われる。自分たちが腰かけている椅子《いす》も、僕にはわからないが、最上等のものと思われ、坐《すわ》り心地《ごこち》よさは無類である。時代もよかったのだが、運ばれてくる西洋菓子も、最上のものであることはいうまでもない。

この室にぴったりしないのは、僕の友と僕である。野蕃《やばん》な侵入者という感じだ。しかし主人も夫人も無上のお人よしで、少しもいやそうな感じを与えず、こっちの話に相槌《あいづち》を打ってくれる。

しかし話はべつにないのだ。話すことを忘れてぼんやりしていたい気持だ。

「お庭の牡丹を拝見さしていただけませんか」

「どうぞ」

自分たちは牡丹を見に庭下駄《にわげた》をはいて庭に出た。主人も夫人もついて来た。僕は牡丹を見るよりも、牡丹を見ている夫人を見る方に心がひかれた。僕はこの時ほど、自分が画家でないことを残念に思ったことはない。もっとも画家だったら、筆をなげて、とても自分にはこの美をかけないと言うであろう。

ともかく僕は夢に夢みる心地で、時間がたつのを恐れる気持だった。

しかしそうぐずぐずしているわけにもゆかず一とおり見て室に帰り、礼を言って帰った。

五

帰りに友だちは言った。

「どうだった、絶交か」

勝利を自覚しきって言った。自分は反抗する気はまるでなかった。

「驚いた」

「驚いたろう」

「天下は広大だ」

「だがあんな美人は、二人とはない」

「仕合わせな人間もいたものだ」

「あまり仕合わせすぎて、少し反感を持ちたくなる」

「しかし反感を持つには、相手がちょっと段がちがいすぎる」

「やはり金の力だ」

「金の力だけでもあるまい」

「もちろん、あんな女を探し出せたのは運だね」

「小さい王様のような気持で生活しているだろう」

「王様は羨《うらや》ましくないが、あの男はちょっと羨ましい」

そんな話を、あまり利口《りこう》でない二人の男は話しあった。

「美人というものは不思議なものだね」

僕はそう言うと、

「どうして」

と友は言った。

「なぜ美人は、他の女にない魅力があるのだろう。目だって鼻だって、他の人と変わってついているわけでもない」

「しかしあんな目は、他の人にはくっついていないよ」

「だがどうして、あの形に魅力があるのだ」

「だが実にいい目だ。愛嬌がこぼれるようだ。あの二重目ぶちの美しさは無類だ」

「あの口唇《くちびる》も、無類だね」

「まあ、どこもかしこも、ああうまく美の条件に適《かな》うということは、千万人に一人と言っていい偶然だね」

「偶然がああうまくゆくところが珍しい」

「人間の、名品だね」

つい僕たちはそんな話をして、帰りはいつのまにか自分の室に帰っていた。

その晩正直なところ、僕は変に興奮して眠れなかったね。べつに恋したわけでもないが、やはり一種の嫉妬なのかね。なにしろ美しい人もいるものだ。幸福な人間もいるものだ、羨望《せんぼう》しないではいられなかったのは事実だ。

その後二度とその家を訪《たず》ねはしなかったが、何かの用でその近所にゆく時、ちょっと遠廻《まわ》りして、その家の前を通り、蔭《かげ》ながら、彼らの幸福を祈ってやったのは、やはり美人に対する自分の敬意からかもしれない。

その悪友とも、その後あまり逢わなくなった。

それから何年かたった。

六

二、三日前だ。偶然その家の方へゆく用があり出かけてみた。戦後初めてだった。行って驚いたことには、その家のあった近所は残らず焼けていた。何も残っていなかった。あの幸福そうだった彼らは今どうしているかと思う。不幸にしているときめるわけにはゆかないが、しかし幸福にしているとはなお思われない。
当時とは世の中もすっかり変わった。あの人たちの生活も楽とはいえまい。

自分は彼らが今どうしているか聞きたいとも思ったが、そこらに誰《だれ》もいなかったし、いても、聞いても知っている人はあるまい。またしいて知りたいとも思わなかった。

僕はただ一人でその家があったあたりにたたずんで、彼らのために幸福を祈ったのだった。

優しい心

一

山谷五兵衛は、僕の処に時々思い出したようにくる、そして勝手なことをしゃべって帰る、たいへん話好きな男です。自分は何しているか、僕は聞いたことはないのです。画商のようなことをしているのかと思うほど、よく画家のことを知っていますが、画商にしては画《え》のことがあまりわかりません。ずいぶんつまらない画に感心しているかと思うと、いい画に感心しません。もちろん、私も画のことがわからないのですが、山谷も画がわかる方ではありません。何をして生活しているのか、僕にはわかりませんが、よくしゃべるので、退屈《たいくつ》している時なぞは、大いに歓迎してやるのですが、忙しい時は困ります。そういう時は無愛想《ぶあいそう》にしてやるのですが、それで怒るような人間ではなく、そういう時は要領よく早く帰ります。今日もぶらりとやって来ました。

「昨日、気持のいい話を聞いたので、君に知らせたくって来たのだ」

と言います。

どんな話なのだと聞きましたら、得意になって話しました。僕というのはもちろん、山谷です。君というのが、僕のことです。

二

僕は昨日、古川という人の処に行ったのだ。古川は昔、相当の家柄だったらしく、最近までは、なんにもしないでくらしてゆけた人だった。たいして財産もなかったろうが、何軒かの貸家を持っていた。それでまあ楽にくらしていたわけだ。その他にも、収入があったらしく、金に不自由なくくらしていた。人の馬鹿にいい男で、今どきに珍しい親切者だったが、ご時勢で、貸家も一軒の他は焼けてしまい、その収入も一日のくらしにもならないくらいだし、あった金ももう費《つか》いはたした時分で、昔を知っている僕には、今の生活を見るのは気の毒な気がするのだ。自分の家だけは不思議に残ったので、その点は仕合わせだと言っていい。ともかくある物を売って生活しているありさまだ。もちろん、今どき珍しい話でもないし、売る物がたくさんあるだけ仕合わせ者だとも言えるが、なにしろお人よしのうえに、働いたこともないという人なのだから、今後のことを考えると、不安にならないわけにはゆかないのだ。

僕はいろいろ相談も受けているのだが、未来が明るいとは言えないのだ。しかし当人は珍しく人がいいだけに、あきらめもよく、戦災で死んでも苦情が言えないのに、傷ひとつ受けずにすんだのだから、ありがたいと思っている。なぞと、べつに弱った顔もしていないが、金の心配をしたことがないだけ、売り食いの生活には閉口《へいこう》している。それは物がなくなるのに閉口しているのではないのだ。物を売ること、そのことに神経をつかうことがいやらしいのだ。だから少しくらい安いことは知りながらも、つい買いたいと言う人があれば売ってしまうのだ。

　今の世に生きるには少しお人よしすぎるのだ。もう少しずうずうしく、もう少し慾《よく》を深くするといいと僕はよくすすめるのだが、持って生まれた性質に、長年の習慣がつけ加わって、ますます人がよく、気がよわく育ってきたのが、一朝一夕ではなおらない。またその気の弱いのにつけ込んで、安く買おうという人も出てくるわけで、はたで見てもちょっと気になる場合が多いのだ。

　ところが、昨日行ったら、床の間にすばらしい画《え》をかけているのだ。それは生きている日本の画家でも一流の一流と言われているAの作で、時価二十万円ぐらいには、羽が生《は》えて売れるというものだ。僕はそれを見て驚いて、

「いつこんな画を手に入れたのです」

　と聞くと、

「昨日だ」

　と言うのだ。

「ずいぶん高かったでしょう」

　と聞くと、

「ただなのだ」

と言う。

「どうして手に入れたのです」

と言うと、

「僕にはわからないのだ。狐《きつね》につままれたような話なのだ」

と言うのだ。

僕は「ひとつこの画を手に入れた話をしてください」と言わないわけにはゆかなかった。

そして話を聞いたのだが、どうも今どきに珍しい、美談なので、君に話したくって来たのだよ。と山谷は言って、僕が好奇心を起こすのを待っているようにちょっと黙りました。

僕は黙っていました。黙っていれば山谷はなお熱心にしゃべりだすのを僕は知っていたからです。はたして山谷はしゃべりだしました。

三

古川は僕が聞くまでもなく、自分から話したかったらしく、僕が水を向けると、古川としては珍しく元気にしゃべった。

「昨日だ、僕がぼんやりしていると、誰《だれ》か来たらしいので、僕が自分で出てみると、見知らぬ男が立っていて、いかにもなつかしそうに、

『とうとうお目にかかれました。こんな嬉《うれ》しいことはありません』

と言うのだ。その馴《な》れ馴れしい言葉と、あまり嬉しそうな言葉つきなので、僕の方は驚いてしまった。見ると何か画のようなものを持っているので、こいつはヘボ画かきで、画を押し売りに来たのだと思った。

それで僕は無愛想に、

『君は誰だか、僕は覚えていません』

と言うと、向こうは恐縮して、

『どうも失礼しました。私の方であんまりお目にかかりたかったもので、つい』

と言うのだ。

僕はますます用心して、黙って怒ったような顔していると、

『五、六年前に、ご門前で下駄《げた》の鼻緒《はなお》を切らして困っている男があったのをお覚えはありませんか』

と言うのだ。

『そんなこともあったようです』

と僕は無愛想に言った。そんなつまらぬ親切をきっかけにして、何か因縁をつけようとしても、だめだ、と僕は腹で思ったのだ。なにしろこのごろは他人を見れば泥棒と思

えというような気がついしてしまうのだ。自分のお人よしに愛想がつきている。

『その時、ご親切に鼻緒を女中を呼んでなおしてくださったのがあなたで、そのなおしてもらった上、あなたのお客として座敷に上がったのが私でした。あの時私は悲境のどん底にいたのです』

『まあ、お上がりになったらいいでしょう』

僕はやっと当時のことを思い出した。そしてその時、いじけてうじうじしていた男がこの人だということをはっきり知った。そして悪意があって来たのではないことを知った。

『それでは失礼さしていただきますか』

そう言ってその人は上がった。田岡というのがその人の名だった。

田岡さんは僕が通した座敷をなつかしそうに見た。そして言った。

『昔のとおりですね。なつかしく拝見します』

そして方々見廻《まわ》して言った。

『あの時とちがう点が一つあるのはご存じでしょう』

『なんですかね、思い出しません』

『床のかけ物です』

そう言われて僕は思い出した。

『あの時、あんまりあなたがほめるので、古ぼけた画をあげましたね』

『そうです。あの画をずうずうしくいただいたものです。そのお礼に実は遅《おそ》まきですが、今日うかがったわけです。実はもっと早くおうかがいしたかったのですが、二度ほど、ここらを歩いてみたのですが、記憶がはっきりしないで、ついお訪ねできずに帰ったのでした。二、三日前に偶然こっちに来ましたら、他の家が焼けてしまったせいか、お家がはっきり目にはいり、初めてお家がわかって、たいへんなつかしく思い、今日お礼に上がったわけなのです』

『それはどうもご丁寧《ていねい》に』

『あの時いただいた画のお礼に、この画を差し上げたいと思って持って参りました』

『そんなことをなさらないでも』

『それでも私は、あの画のおかげで運が向いてきまして、今日どうにか安心して生活できるようになったのです。どうぞこの画をとっておいてください。さもないと私の心がおちつきませんから』

僕はそう言われると、それでもとは言えなかった。それでこの画をもらうことにしたのだ。

『それで安心しました。実はあの画を私がほめすぎると、あなたはこんなものでよければ差し上げましょう、私にはこんな古ぼけたものにはちっとも趣味がないのですから。そうおっしゃいました。私もあの画がたいした画だとべつに思わず、気軽にいただいたのです。それでも、あの時は、私は自分がいちばん信用していた仲間に裏切られ、人間というものは実に信用できないものと思って、なんだか世の中がいやになっていたのです。そこへ鼻緒が切れて、なんだか不吉な気がしていたところに、あなたのような親切な方に出あい、初めてお目にかかった見も知らない私に、実にうちとけて話をしてくださいまして、私は世の中にはこんなに善良な親切な方もまだいてくださるのかと、なんとなく嬉《うれ》しい気持になってしまったのです。あなたも私にへんに親しみを感じてくださったとみえて、いろいろお話しくださって、そのあげくあの画をくださったのです。そして私をいろいろと慰めてくださった。人間万事塞翁《さいおう》が馬ということがありますが、私はその話が本当だと思ったのです。そして私は勇気を得て帰ってきました。私はあの時ほど感謝する気持になれたことはなかったのです。あの画をいただいたことももちろん嬉しかったのですが、あの画が、たいした画だとべつに思っていなかったので、あなたのご親切の方がなお嬉しかったのです。そして私は涙ぐんで家に帰り、それから心を入れ変え、決心を新たにし、勇気をとりなおして仕事に精を入れたので、以前よりもっと、仕事がうまくゆき、私は安楽に生活ができる時が来たのです。それでいつかお礼に上がりたいと思っていたのですが、ついその機会がなく、今日になってしまったのです。ところが私はもとから画が好きで、景気が少しよくなるにしたがって画をちょいちょい買う気になり、その結果、A先生とも知りあいになり、A先生のものも何点か所有するようになったのです。二、三か月前にA先生が偶然私の処に見えたので、私の持っているものを見ていただいたのですが、どれも結構だと口ではおっしゃるのですが、あまり注意してご覧にならないのです。そして最後にこれはわけのわからない画で、いい画かどうかわかりませんが、へんな事情で私の手にはいったもので、お目にかけられるようなものではないと思いますが、一度見ていただきますか、そう言って、私はあなたからいただいたあの画をお目にかけたのです。するとすっかりA先生は驚かれて、これはたいしたものだ、私は前からこの画を見たいと思っていたのだ、どうしてこんなものを手に入れられたのだと言われたので、こうこうでと話しましたら、それはたいへんなことをした、きっとその家の家宝だったのにちがいないが、先祖に画のわかる人がいたのにちがいない。そしてその後画のわからない人ばかりで、がらくたのように思っていたのだろうが、しかし知らないからと言って、ただでとり上げるのは、どうも少しよくありませんね。これは五、六万円はする画で、私もかねがねほしいと思っていた画だったのです。そうA先生に言われて私は驚いてしまったのです。そしてA先生と話しているうち、A先生が僕の画と、交換するわけにはゆかないだろうか、とそうおっしゃるのです。A先生の画は、ちょっとした画でも今は十五万円ぐらいはするのですから、私は驚いて、そんなにお好きならただで差し上げます。私もただでもらってきたのですから、先生の処にゆけば画も喜ぶでしょうから。先生はそれならともかくもらってゆきましょうとおっしゃって、持ってゆかれたのです。あの画は足利時代《あしかがじだい》の画で、有名ななんとかいう坊さんで、画家だった人がかいたもので、有名なものだったのです。私はA先生にただで上げたつもりでいたのです。ところが三、四日前に、A先生がご自分でこの画を持って来てくださったのです。そしてこの前もらった画のお礼だとおっしゃるのです。私は驚いて、ご辞退したのですが、その時、この画はあなたの処に持ってゆくべきだと思って、いただいておいて、今日上がったわけなのです。これで私も重荷がおりたような気がします。ありがとうございました』

そう言って、帰ってしまったのだ。それで私は狐《きつね》につままれたような気になって、その画を床にかけてみたら、それがこれなのだ。僕には画はわからないが、A先生の画の値段は知っているので、私は唖然《あぜん》として、どうしていいかわからないのだ。返しに行く先も知らないのだ。A先生に返すのも変だと思うので、私は嬉しくなりながら、当惑もしているのだ。今もこの画が見たくなって床の間にかけて見ていたところなのだ」

古川さんはそう言って、どうしたらいいのか、わからないで困っているのです。

僕はもちろん、喜んでもらっておけばいいと言ったのです。

そして僕はこの話は美しい話だと思ったのです。そしてA先生の画は見れば見るほどいい画で、なかなかの労作なのです。二十万円なら僕でも無理してでも買いたい画なのです。三十万円にも売れる画ですからね。今の古川さんにとってはたいした宝がとび込んで来たものです。ご先祖が、古川さんのことを心配して、そういうふうにとりはからったのかと思える話です。あるいは古川さんがあまりいい人なので、神様から褒美《ほうび》をもらったのだとも言えると思います。

古川さんは黙ってその画を見ています。実に人のいい感じなのです。

この人なら神様から褒美をもらっていい人だ、少なくも私が神様だったら、褒美をあげたくなるような人です。

だからこの話を聞いても、僕は美しい話とは思ったが、不自然な話とは思わず、当然な話のような気がした。

しかし古川さんはまだもらっていいのか、悪いのかわからないような顔をして、あまりに思いがけない幸運に、感謝するよりは、当惑しているようでした。

しかし世の中にはまだいい人がいるものだと古川さんと二人で話しあいました。

僕は久しぶりにいい気持になって、あなたの処に話しに来たくなってしまったのです。

山谷はそう言いました。そして、

「A先生の画はそれはすばらしい画ですよ」

とつけ加えました。

天衣無縫

「誰《だれ》か来るといい」と思っている時、のそっと山谷五兵衛が来た。

「何か面白い話があるか」と聞くと、例によって「あるね」と言って、こんな話をした。眉唾《まゆつば》の話だが、ちょっと面白いからかいておく。

僕の姪《めい》にその父、つまり僕の兄だが、その父から天衣無縫《てんいむほう》と言われている娘がいる。この娘にとっては、世の中に怖《こわ》いものなしだ。誰ともすぐ親しくなる。こだわりがないのだ。日本人としては珍しいタイプの娘だ。もっとも今の若い娘はたいがいそうなのかもしれないが、その姪はことにこだわりがない。その代わり悪気がないので、べつに変な話もない。さっぱりした性質なのだ。家庭も呑気《のんき》なので、この世の中は遊んでくらせるものと思っているらしい。そしてこの世は善人ばかりで悪人はいないのだと思っている。傍《はた》で心配するほどのことはないらしいが、何をしでかすかわからないので、心配しないわけにもゆかないが、存外馬鹿ではないので、要領がいいのか、今までのところ、べつに親を困らせたことはない。しかし今に何かしでかしはしないかと、僕は内々心配もし、また期待もしているのだ。美人というほどのことはないが、生き生きした可愛《かわい》い顔をしていて、十人並みよりは美しい方で、男に好かれる素質は十分持っているから、そのうちには皆を、あっと言わせるような事件を起こしはしないかと、皆心では心配しているのだが、当人はいたって無邪気で、誰ともこだわらずにつきあっている。ある日、僕はその兄の処にゆくと、その娘の顔をかいたなかなかできのいい油画《あぶらえ》がかかっているのだ。その署名を見て僕は驚いた。

それは有名な老作家で、近ごろは画の方でも有名な人の署名なのだ。僕はその老作家の作品も好きでないし、画も今まで注意して見たこともないが、その姪の肖像はなかなかよくかけている。

その時姪は留守《るす》だったので、兄に、

「この画はどうしたのです」

と聞くと、

「どうしたのか、あいつのことだから、わからないが、旅行へ行った先でもらって来たのだ。いい画かどうかしらないが、あいつのことだから何をやっているのか、わかりはしない」

と言った。

「この画をかいた人は、ともかく有名な人ですから大事にしておきなさい」

と自分が言ったら、

「こんなのがいい画なのかね。だがよく似ているね」

と言った。

その翌日朝、姪が久しぶりに遊びに来た。

「叔父《おじ》さん、今日《こんにち》は」

「珍しいね」

「叔父さん、昨日来て、あの画のことをほめていたそうね。それで私は、どうしてあの画が私のものになったか、話がしたくって来たのよ」

と言った。例によって、天衣無縫先生、話がしたいと思うと、すぐやってくる。

「どうしてあんな画をかいてもらったのだ。訪問してたのんだのか」

「嘘《うそ》よ。先生の方でかきたいと言ったのよ」

「どこで逢《あ》ったのだ」

「温泉よ」

「温泉？」

「そうよ。私も先生も裸で初対面したわけよ。私が湯へはいるとキタナイ、背の低い貧相な老人が一人で湯にはいっているのよ。そして私の方をじろじろ見るのよ。いやな奴《やっ》だと思ったけど、いまさら、出るのも癪《しゃく》で、無視していたのよ。ところがあとで女中に聞くと、それが有名な小説家だというのよ。私退屈していたから室の番号聞いて訪問してやったの」

「温泉に何しに行ったのだ」

「不意にゆきたくなったのよ」

「呑気だね。一人で行ったのか」

「もちよ」

「相変わらず呑気だな」

「すると先生、大喜びでね。私を室に通したのはいいが、室じゅうたいへんな散らかり方なの。私は小説家だと思って飛び込んだら、その小さい爺《じい》さん、画かきなので驚いたわ。油でトマトと玉葱《たまねぎ》をかいていたの。あまり上手《じょうず》じゃないけど、一生懸命にかいているのには厚意が持てたわ。ちょっと待ってくれ、すぐすむからと言って、ちょっとかきつづけていたの。私黙って見ていたけど、どうも不思議なので、

『おじいさんは小説家じゃなくって、画かきさんなの』

と聞いたら、両方だと言うから、

『両方とも下手《へた》なのね』

と言ってやったら、

『そうかねー』

とすましているの。

『もっとも私、お爺さんのもの一つも読んだことはないのだけど、画を見れば、小説も読まないでもわかるわ』

と言ってやったら、また『そうかねー』と言って、平気な顔をしているの。ずうずうしい奴《やつ》だと思ったので、何とか言ってぺっちゃんこにしてやろうと思って考えていたら、

筆をおいて、

『お待ちどうさま』

と言うから、

『おかきになってもよくってよ。見ているから』と言ったら、

『もうつかれたのだ』

と言って、筆をおいて、私の顔をじっと見るの。

『君はいつまでこっちにいるのだ』

といきなり言うの。

『ここに来ても面白くないので、明日帰ろうと思っているのだけど、明日になってみないとわからない』

と言ったら、

『誰と来ているの』

『一人』

『呑気だな』

と言うので、

『先生はいつまでいらっしゃるの』

と聞きかえしてやったら、

『あと一週間ほどいるつもりだ』

と言うから、
『呑気だなー』
と言ってやったら、先生はふき出して、
『君とはちがうよ』
と言うから、私癪にさわったので、
『どこがちがうの』
と言ってやったら、
『僕は仕事に来ているのだから、呑気にはしていられないのだ』
『画をかきにいらっしゃったの』
『原稿をかきに来たのだ』
『原稿をかかずに、画ばかりかいていらっしゃるのでしょう』
と言ったら、
『少し耳が痛いね』
と言ったのは、少し痛快だったわ。
『君があと二、三日ここにいるのだと顔をかかしてもらうのだがな』
と言うから、
『顔をかいてくださるならいてもいいわ』
と言ったら、

『二、三日かかしてくれれば、画を上げるよ。その代わり展覧会の時は貸してもらうかもしれない』

『それは、貸してあげるわ』

そこで相談がまとまった。

『今から始めてもよろしいか』

『ええ』

と言ったら、すぐモデルにされたのには驚いた。

そしてモデルになって、先生ににらまれ始めて、この小《ちっ》ぽけな貧相な馬鹿のような老人にもこんな熱情があるのかと驚いてしまった。そしてこの老人は、馬鹿じゃないと思った。実に仕事に熱心なのだ。

その後、風呂場でいっしょになったことがあった時、

『君の裸をかかしてくれたらいいのだがなー』

と言うから、

『いやなこった、この助平爺《すけべえじじい》』

と言ってやったら、

『ひどいことを言う奴だね』

と言って、二度と、そんな失礼なことは言わなくなったが、もっとひつっこくたのまれたら、かかしてやってもいいと思ったけど、やはりそこまでは勇気が出なかった。

肖像は朝から晩までかかった。そして満二日でやっとできあがった。宿賃も出そうと言ったが、それは断わって、その代わりに肖像をもらうことにした。

あのちっぽけ爺さん、普段はどこが偉いかわからない。ぽかんとしている時や、湯にはいっている時は、貧相そのものだが、画をかき出すと、さすがに、冗談一つ言えなくなるので、やはりどこか偉いところがあるのかと思う。

東京へ帰っても時々遊びにゆく約束をしたから、叔父さん、もしあの人の画がほしければ、もらってきてあげてもいい」

と言った。

そして姪の奴、言いたいだけのことを言って帰って行った。

それから何日かたって、僕が忘れている時分にその姪がやって来て、三号の静物画を一つ持って来て、

「え、いつかのお約束で持ってきてあげたわ」

と言って、その老作家の画を持って来た。小品だが、なかなかこってりかいてあった。

「一度その先生の処につれてゆかないか」

「つれてってあげてもいいわ」

「今度いつゆくのだ」

「これからでも、叔父さんの都合でつれてってあげてもいいわ」

「それなら行こうか」

呑気な二人はすぐ老作家の処に出かけた。老作家は家にいた。

姪は僕を叔父だと紹介した。

「姪がいろいろお世話になりまして」

「いや、こっちこそいろいろ世話になっているのです」

「この子の父はこの子のことを天衣無縫と言っていますが、本当に呑気もので困ります」

と僕は人並みの挨拶《あいさつ》をしたら、天衣無縫先生くすっと笑った。

「天衣無縫とはよく言ったね」

老作家は身体《からだ》に似合わぬ大きな声を出して笑った。

二老人

僕が退屈《たいくつ》していた時、山谷五兵衛がやって来た。例によって僕は、

「何か面白い話はないか」

と聞くと、

「あるね。あるから来たのだ」

といつもよりなお乗り気で話した。


昨日僕は珍しい人に逢《あ》った。僕は郊外に友だちを訪《たず》ねた。昨日は天気がよかったろう。つい郊外にゆきたくなり、散歩したい処にいる友だちを訪ねたわけだが、その友だちは天気はよし、時候はよしで、家にいる気がしないで、どこかへ出かけて留守《るす》なのだ。留守も悪くないと思って、でたらめに散歩していると、野中英次という表札のある門にふと気がついたのだ。これがあのセムシの画家の家だなと思った。とたんに僕は野中英次に逢ってみたくなった。僕はそのまま断わられたら断わられても、もともとだという気で訪ねてみた。ところが玄関に出て来たのが野中英次だ。すっかり老人になっている。目だけは鋭いが、好々爺《こうこうや》の感じだ。思ったほどひどいセムシではない。僕はちょっとたじろいだが、僕のことだから、すぐずうずうしく、「ちょっと前を通りましたので、敬

意を示したくて伺いました。最近の画でも拝見できると仕合わせです」と言って、名刺を出した。

　すると野中は名刺を見ていたが、

「あなたの名は知っています。どうかお上がりください」

　と言うのだ。僕は喜んで上がった。

「僕の処に来る若い画家であなたのことを知っている人があって、お名前は聞いていました。よく来てくださいました」

　彼は応接間に僕を通して、改めてまたそう言った。僕が思っていたより、人づきあいのいい人間だった。

　野中もずいぶん変わったらしい。以前のようにいらいらはしていないらしいが、寂しい感じが身についていて、見ていてどこか心がつめたくなった。

　僕はあまりに不意に野中に逢ったので、何から話していいかわからなかった。

「お元気なご様子でうれしく思います」

　とつい馬鹿なことを言ってしまった。

「あまり元気でもありません。子供に戦死されてから、僕はどうも元気がないのです。子供は日本を愛し、僕たちを愛し、そのために死んだ気でいてくれたと思うのです。でも僕は気の毒なことをしたとつい思ってしまうのです。しょげてばかりもいませんが、息子《むすこ》のことを考えると、時々しょげますよ。しょげてやらないと、悪い気もするのですよ」

そう言って寂しく笑った。

「人間て本当に淋《さび》しいものですね。そうは思いませんか。僕はもう時々、生きているのが面倒《めんどう》になるのですよ。そのくせ死にたくはない。死にたくないと、死んでいった者のことが考えられるのです」

野中は、初対面の僕に対して、初対面ということは忘れているらしい。

「なんと言ってもしかたがありませんがね。生まれた以上は死ぬまでは引っこめませんからね、いくら淋しくったって、悲しくったって、生きているのが馬鹿げてきたって、生きてゆくよりしかたがありませんからね。僕は、そう思うと、人間が気の毒になるのですよ。そして人間をいじめるものに、叛逆《はんぎゃく》したいのです。そして、参ってはやらない、喜んで生きてやろうと思うのだ。いくらよわらそうと思っても、よわってやらないとね。なんでも僕は反対に出る質《たち》なので、僕は運命が僕をいじめようとすればするほど、平気に生きてやろうと思っているのです。僕は素直《すなお》に生きられる人間ではないのです。だから素直に生きてやろうと思っているのです。何でも反対、反対と出れば僕はいいように生まれついたらしいのです」

目をぎろっとさして、僕を見た。

一種の凄気《せいき》を僕は感じて、ちょっと身ぶるいした。やはり、噂《うわさ》で想像していた英次の片鱗《へんりん》にふれた気がした。

そこに奥さんが、お茶を持って来た。奥さんは普通の人だ。静かな、感じのいい老人だった。

「山谷さんだ。これは僕の家内です」

「どうぞよろしく」

と奥さんは平凡な挨拶《あいさつ》をして、引っこもうとすると、野中は、

「まあ、ここにいろよ」

と言った。

「はい」

と言って、椅子《いす》に腰をおろした。

「僕は人が弱っていると思うと、弱っていないところが見せたくなる質でね。人が元気だと思っていると思うと、弱っているところが見せたくなる質なのですよ。だが、実際は、弱ってもいなければ、元気でないわけでもないのです。そんなことはどっちでもいいと思っているのです。生きていることが本当なのですから、弱ったり、元気だったり、泣いたり、喜んだり、しているわけで、いつも泣いているわけでもないし、いつも怒っているわけでもないのです。ただいじけていてはきりがないので、あばれるだけあばれたいと思っているのです。本当はあばれたいとは思っていないので、落ちつきはらって仕事をしたいと思っているのですが、なかなか落ちついてばかりもいられないので困りますが、その落ちつけないところで、落ちついているのが、僕は好きなのです」

野中の言っていることを聞いていると、こっちの頭も変になってきそうなので、

「最近の画を拝見できませんか」

と聞いたら、

「それなら、昨日かき上げた静物を持って来てもらおうかね」

「その前におかきになった裸婦は」

「両方もっておいで」

「はい」

自分はアトリエが見たかった。だがそれを言いだすのを遠慮した。

まもなく二つの画を両手にぶらさげて、奥さんがあらわれた。両方とも八号で、色はくすんでいたが、さすがに光って見えた。実際、彼ならではここまでつっこんでかけないと思われる画で、何か捨て身な、そのくせ愛しないではいられないような、放棄と執着が同時に表現されているような画だった。この世を実に愛している。だがこの世に実に愛想をつかしている。この世には未練を持つ必要はないのだが、執着する値うちはありすぎるというような、ちょっと言葉にはあらわせない、矛盾が矛盾のままヘンに美しく調和してかかれているのだ。冷たさでも無類、熱さでも無類、彼のこの世に対する態度が、わかるような一種不思議な画だった。

けっして楽な世界ではないが、苦しさのうちに何か安住したものを得ている感じだ。殺すなら殺せ、愛するなら愛せ、どっちにころんでも、おれは平気だぞ、そんな感じが、

裸婦にはあらわれていた。実に女身の美しさがかけているが、同時に死に神をも嘲笑《ちょうしょう》するふてぶてしさがある感じだ。どんな世界へ出ても、驚かないで、寝そべっている。

僕が感心して見ているのを見て、野中は満足そうに言った。

「僕は僕以上の仕事はしたくないのです。僕は詐欺漢《さぎかん》にはなりたくないのです。僕はこれだけの人間です。それで満足するよりしかたがない。しかしまだまだ僕の腕は未熟です。自分の全力を出しきりたいと思っているのです。でも、ここまで来れたことは、何かに感謝したいと思っているのです」

この時、彼は歓声をあげて言いました。

「来たよ」

あまりに大きな声を出されて僕は驚いた。同時に野中は僕を置きざりにして、門へ出た。何事が起こったのかと思った。しかしその元因がわかった時、僕はもっともだと思った。

まもなく彼は凱旋《がいせん》将軍のように可愛《かわい》い孫を抱いて娘を従えてあらわれて来た。

彼は孫には目がないように見えた。そして僕にその孫を見せて言った。

「この子は、僕の息子が死んだ翌日に生まれたのです。僕には子供の生まれ変わりのような気がするのです。僕は可愛くってしかたがないのです。この世に生きるのはたいへんだと思うのですが、この面魂《つらだましい》を見ていると、平気で生きてゆくようにも思えて、大いにたのもしく思っているのです」

娘は母と二人奥に行った。自分は帰ろうとすると、

「まあいいでしょう。もう少し遊んでいらっしゃい。今に兄もくるわけなので、兄にもちょっと逢っていらっしゃい。今日君が来てくれたのは、何か意味があると思えるので、簡単には帰しませんよ」

と言った。

「お邪魔《じゃま》ではありませんか」

「邪魔どころですか、君がいてくれる方がいいのです。僕はこのごろへんに淋しい時があるのです。誰か来てくれるといいと思う時があるのです。自分の気持を誰かに話したい気もしているのです。僕がいなくなったあと、僕を本当に知っていてくれる人が、一人はいてほしく思うのです。僕を愛してくれるもの、尊敬してくれるものも、少数ですが、いてくれます。だが僕は気楽に何でも言える人はほとんどいないのです。君は初めてお逢いしたのですが、へんに君には、何でも僕の思っていることを話しておきたい気がするのです。ご迷惑かと思いますが、僕の独《ひと》り言をもう少し聞いていてください。僕は兄に久しぶりに逢えると思ったら、いろいろのことが思い出されてくるのです。あなたには興味のない話かと思うが、僕は今朝から誰かに私の思っていることを話したくって、しかたがなくなっていたのです。そこにあなたが、不意にあらわれたのです。あなたにとっては災難だったのです」

「災難どころですか、私のようなものでもよかったなら何でもお聞かせください、秘密

は守りますから」

「いや、秘密はべつにないのです。ないというわけではないが、そんな話をしようと思っているわけではないのです。私の話したいのは、私の一生を通じて感じてきたことです。私はあなたもごらんのとおりのセムシです。私の兄はあなたもご存じのように有名な役者でもあり、美男子でもありました。私はその兄と一人の女を争ったことがあるのです。もちろん私は負けました。だが私は精神的には負けたくなかったのです。私は自然や運命からのろわれて育ったのです。自然はどこまでも優者を愛し、敗者を無視します。この世は優《すぐ》れる者の世で、負けたる者の世ではないのです。だから皆勝とうとする。私も若い時、勝負の世界に住んでいたのです。そして私は完全に破れたのです。私は世の中に愛想をつかしました。世の中の方が最初に私に愛想をつかしたのかもしれません。それで私は死んでやろうと思ったこともあるのですが、死ぬ勇気はなかったのです。その結果、岩にしがみついても生きてやろうと思ったのです。餓死するまで生きてやろう。生きる以上は、何かしてやろうと思ったのです。そして私は君もご存じのように画をかくことに全力を尽くすことにしたのです。僕は兄や友人がいて、僕をへんに愛してくれました。兄は僕を一方実にいやな奴だと思ったでしょう。しかし一方僕を愛してくれたのです。僕を半分に切って、悪い方といい方にわけることができたのでしたら、兄は僕の悪い方は、殺したがったでしょう。しかし一方の私を殺して、他方の私を生かすわけにはゆかないのです。それでしかたがなしに、僕を全部的に生かすことにしたのです。

兄がもし神様であって、私が死んだ時、善悪の二つに私をわけることができたら、兄は一方は喜んで極楽につれてゆくでしょうが、他方は地獄に落とさないではおかないでしょう。しかし私に言わせれば、私は悪いから善《よ》かった。善かったから悪かったと言うべきで、両方はなすことのできないもので、私の、エゴイズムと、私の仕事慾とは高度に結びついてはなれないものです。私の業《ごう》と私の理想とは同一の根から生じたもので、私はおそろしく虫のいい人間であると同時に、誠実無比の人間だと思っているのです。この二つが結びついて今日の私が生まれたのだと思っているのです。私はいつ死んでも苦情の言えない人間です。私は言葉どおり死刑の宣告をうけていい人間だったのです。しかし私は今日まで生きることを許されてきました。このことは私にとって仕合わせかどうか、最後の総計算をしてみないとわからないのです。そして総計算をされる時は、死苦でのたうちまわっている時と思います。それとも静かになってしまったあとですか、どっちにしても、総計算はたいがいの人にとって、いいものではないと思います。しかし僕はそれを恐れているわけではありません。いくら恐れてもいいものとも思いますが、恐れても始まらないものを恐れてもしかたがないので、勝手にしろと思っています。そして自由に生きられるかぎりは、自分の総計算にプラスを多くしたいと思ってがんばっているわけです。でもそれが誰にわかるか、誰を本当に喜ばすのか、自分の子供や、孫を幸福にできるか、私は知らないのです。そんなことは何かに任せて、私はベストを尽くすよりしかたがないと思っているのです。この小さい画を見ても、私のベストを何十年つづけてきて、やっとここまで来れたことがわかるのです。私はそれで満足しているのです。ですが私は、今までの自分の生活に一つ満足できないことがあるのです。このことは神の前でないと告白できないことです。兄と今の娘の夫の父だけは知っていますが、私の過去には一つの恐ろしい罪がかくされているのです。私の妻や娘さえ知らない。私はその罪のために、どのくらい、苦しんできたか、他の人には想像ができないと思います。昨晩、いや今暁という方が本当でしょう。私は夢の中で広い室に迷い込んだのです。その広い室のまん中にたった一つの椅子《いす》が置いてあるのです。その椅子に女の人が腰かけているらしいのです。私はそれに気がついた時にぞっとしたのですが、何かの力にひきつけられてその椅子の前に行って、その女を見たのです。首に縄《なわ》をまきつけられた女の死骸《しがい》がそこに置かれているのです。その女を見るとそれが私の妻なのです。そしていつ来たのかそのわきに一人の女が笑って立っているのです。私は思わず、あっと叫びました。妻は驚いて、

「なんです、なんです」

と声をかけました。私は本当に身の毛がよだつ思いがし、実になんとも言えないいやな気がしました。実際、こんないやな気持は長年味わいませんでした。油汗を全身にかいていました。

「どうなさったのです」

「怖《こわ》い夢を見たのだ」

「どんな夢です」

「どんな夢か忘れたが、いやな夢だった」

「なんともかとも言えない、地獄に落ちた人のようなお声でしたわ」

私は夢をまざまざと覚えていたのだが話せなかったのです。

私は夢はその日のうちに誰かに話せば、その夢の魔力はなくなるということを子供の時に母から教わっているのです。それはいい夢を見た時の話で、悪い夢を見た時の話ではなかったのですが、僕にとっては同じことなのです。つまりいい夢を見た時は、その夢のことを三日黙っていないとききめがなくなるというのです。それで私はこの夢のことを誰かに話したいと思っていたのです。そこに君が不意に来てくださったのは、そういう意味から言っても歓迎したわけです。実際夢なんかあてになったことはないのですが、あんまりまざまざと見たのと、その刺戟《しげき》があまり強かったので、私は今朝からへんに参っていたのです。今、あなたに思いきってこの話をしたので、少し気がしずまりました。

なにしろこの世はいやな世で、どんなことでも平気に行なわれるのですから、考えようによると、生きるということは実にいやな、不安なもので、無神経ものでないと、安心してゆけないわけですが、人間本来の性質は、あまり神経質でなく、どかんと宇宙のまん中に坐《すわ》って動かない度胸がほしいものと思われます。さきの孫すけがまだ小さくって、はい廻《まわ》っている姿を見た時、その恐れを知らない面《つら》だましいで、はい廻っているのに感心して、こうなくては嘘《うそ》だと思ったことがありますが、私なんか、もっとずうずうしくこの世をはい廻ってやりたいと思いますが、気が小さくって困ります。もっともたいがいの人は私のずうずうしいのに驚いているようですが、根は神経質な臆病者《おくびょうもの》にすぎないのですが、臆病にしていてはきりがないので、ずうずうしく生きているわけなのです。

他人が何とか思うと気にしている人がおりますが、人間は皆自分のことで忙しいのですから他人のことなぞ考える閑《ひま》はないので、他人が自分のことを、気にしているというのは、馬鹿げた自惚《うぬぼ》れにすぎないのです。ですから私は人心ついてからずうずうしく生きる努力をしてきたわけです。

他人がどう思ったって、どう言ったって、売れないものは売れないし、売れるものは売れる。いいものは悪くならないし、悪いものはよくならない。ほめられて自信持つ人は、悪口言われるとぺちゃんこになる。私は悪口を言われれば言われるほど、元気になれる道を歩いて来た。他人に何か言われても、大きくなる木は、大きくならないわけにはゆかない。死ぬまでは私は生長してやる、がんとして私は負けない。何か私をいじめようとしても、私の内の生命の力がしなびないかぎりは、千度倒れても千一度起きてやるつもりで今日まで来ました。おそらく何万度倒れて、何万一度起き上がって来た。私に自信があればその点です。そう思いませんか」

彼は大気焔《だいきえん》を上げた。

実際、彼は見えない敵と戦って来た男である。他人が感じないところに敵を感じ、他人は戦わないですむところに戦いをして、負けても負けても、はい上がって、とうとう今日の域に到達した男だ。その点では、無類の男と言えるようだ。

この時、呼び鈴がなった。

「兄が来たらしい」

彼はそう言って、あわてて立った。

やがて、兄が静かにはいって来た。

「僕の兄です。山谷君です」

二人は挨拶《あいさつ》した。

たしかに二人は面白い兄弟である。お互いにちがう道を通って来た尊敬すべき老人たちである。一方は実にゆったりしている。今だに美しい老人である。舞台の上でどのくらい多くの人を泣かしたり笑わしたり、喜ばしたりしたかわからない老人、しかしここでは一人の人のいい、落ちついた老人にちがいない。

弟とはちがって、どこまでも悠然《ゆうぜん》としている。人々の善意を信じ、何千何万の人に愛されてきた老人。

彼は人々から軽蔑《けいべつ》されながら、そこからのそのそとはい上がってきた老人、かつて、弟は兄を鶴《つる》に比較し、自分を蟇《がま》に比較したことがあるが、僕に言わすと、一方の鶴に対し、一方は亀《かめ》と言っていいであろう。亀も甲羅《こうら》へた立派《りっぱ》な亀であって、今日になっては、いずれが優《まさ》るか、ちょっとわからない存在である。

女連もあらわれて来た。

自分はもう帰るべき時が来たことを感じたが、この場合の空気をもっと吸っていたかった。帰ると言えばそれまでである。幸い人々は僕がいることをいやがっていなかった。

この集合で一人ぼんやりした人間もいる方がよさそうでもあった。

兄と弟だけが差し向かいになると、何かのきっかけに火花を散らさないともかぎらない。

火花が散ったら、どういうことになるか、せっかくのたのしい会合が、取り返しのつかないものになる。

僕は皆から無視される位置に引っこんで、この珍しい会合をもうしばらく見ていようと思った。実際ここに一つの人生の縮図がある。それも人生の一つの代表的縮図と言っていい。この光景は、今の画にはならないかもしれないが、僕が画家ならちょっとかいてみたい光景である。

ここでは老名優の野中信一が、主役ではない。セムシの老画家野中英次が主役である。兄の方がワキ役である。たしかに兄は老いてますます深味をました。珍しく美しい老人である。見ていて心嬉しくなる存在である。だが弟はそれ以上の見ものである。兄に対しては尊敬を見せているが、運命に向かっては、このくらい、頑固《がんこ》に戦って来た老人はないであろう。一方は自然のままに生長して来た大きな立派な松の木とすれば、一方は荒磯の上に立って年が年じゅう風雨にさらされてきた、曲がりくねった、枝も折れるものは折れてしまった、たんこぶだらけの松で、枝も素直《すなお》には出せなかった磯馴松《そなれまつ》のようだ。その枝ぶりに面白さがある。頑固に生きて来た。二人は相対して腰かけて、過去のいろいろのことを忘れたのか、思い出しているのか知らないが、嬉しそうに話している。それを老いたる妻清子が神妙に嬉しそうに聞いている。また若い美しい母が、娘がと言ってもいい静子が、可愛い男の子を抱いて、これも嬉しそうに伯父《おじ》さんに敬意を露骨に見せて聞いている。今はこの一家にも嵐《あらし》が吹いていないのである。これで息子《むすこ》の信敏が戦死しなかったらこの一家は今やいちばん幸福な時と言える。しかし信敏の姿は見ることができないのだ。

このことは誰の心の内にも消すことができない事実だ。だが彼らは話がそれにふれるのを恐れているようだ。だが信敏が死んで六年たつ今、彼らも思わず笑って、あとでひやっとする時があるようだ。二人の兄弟はよく話して笑った。兄の方は皆を笑わした。だがその笑いが消えてゆく時、この座にちらっと姿を見せるものがあるのは事実だ。さすがに兄の方はそれに気がつかない時があるらしい。弟はまたそれを兄に気づかれないようにしている。僕にはそれがわかるのである。

女連中は珍客のための食事の用意をしなければならないのか、やがて姿を消した。自分はふたたび立ち上がって別れをつげる時が来たことを知ったが、立ち上がる気にはなれなかった。もうちょっと二人の邪魔をすることに決心した。二人は僕のいることをいやがりはしなかった。

「これで信敏が生きていたら、僕は仕合わせすぎるのだが、あいつが帰って来ないことはなんといっても僕たちには淋《さび》しすぎる。だが孫を生まれがわりのように思って、あきらめることにはしているがね」

弟はついに息子のことを言わないではいられなかった。兄は、

「本当に、僕の知っている家で、今度の戦争で犠牲を出さなかった家は実に少ない。実際馬鹿な戦争をしたものだ」

「なんと言ってもすんだことはしかたがない。僕が切腹すれば、信敏が、生き返るというのだと、切腹してやるのだがと思うが」

「どうかね。その時になったら、なかなか腹は切れないだろう。仕事があるからね。それに死んでしまった者は生き返りたいとは思わないよ。死ぬ時はたまらなかったと思うが、死んでしまったものは、僕はむしろ羨《うらや》むべき人間と思っているよ。もう死ななくっていいからね。死ぬということは、ともかくよくないものだからね。死ぬ苦しみを考えるとちょっと生きているのがいやになるからね」

「お兄さんなんて、楽に死ねない方ですね」

「いやなことを言うなよ、英ちゃんはどうかね」

「僕なんか、まあ楽に死ねる方でしょう。生きている方に相当苦労しましたからね」

「まあそんな話はよそう。二人ともこんなに年とるまで、生きられるとは思わなかった

ね」

「本当にそうですね。僕なんか三十までも生きられないと思っていましたよ」

「二人とも業《ごう》が深いのだね」

「お兄さんは業というものを、信じていますか」

「信じてはいないが、ちょっとそう言ってみたい気がするよ」

「僕は半分信じているのですよ。半分だけですがね。何かあるのではないのですか。何にもないとするには、僕たちの一生は複雑ですからね。何かある。何か僕たちをムキにさせるものがあると思いますね。僕はたしかに死刑になっていい人間です」

「そんなことはないよ。断じてないよ。だが罪というものはないとは言えない。僕だって罪の方だけを計算されたら、死刑以上かもしれない。だが人々に何か役に立った方を計算してもらえば、僕たちは立派に生きてゆく資格があると思うね」

「僕もそうは思っているのですが、それに罰は十分受けたと思っているのですが、何かまだ苦しみがたりないようにも思うのですよ」

「そんなことはないよ」

「喜んで生きるのが本当だと思うのですが、僕は苦しんで生きてゆく方に習慣がつきすぎて、僕の皮膚は、いつも武装をしていないと、落ちつかなくなっているようですよ。いつも何かに反抗しているのですね。それで生きて来られたのですから、僕は何かに感謝したいのですが、信敏に死なれたことは、感謝したいとは思わないので、僕は感謝せずに生きているのです」

「いくら強情はったって、人間の力ってしれたものだよ。だからあまり反抗はしない方がいいのだと思うよ」

「反抗っていったって、自然に反抗するというわけではないのですよ。何かに怒っているのですね。でも全体としては、僕は素直な人間すぎるようですよ。信敏の冥福《めいふく》を祈っているのですからね。殺したものに」

「殺したものって何だ」

「神ですよ」

「神が殺したわけではないだろう」

「それでも人の生死をつかさどるものがかりにあるとすればですね。ないとすれば祈る必要はないわけですからね。だから僕は半分信じると言っているのですよ。何かに祈りたい気持、これは事実ですからね。祈りたい気がある以上は、何かこの宇宙に祈られていいものがあるのではないでしょうか」

「………」

「僕は何かあると思うのですよ。何か私たちを、私たちの計算ではちょっとわからない計算で僕たちを支配しているものがあると思うのですよ。僕が画をかくのに夢中になれるのも、何かの意志の許しを得て、初めて本気になって画をかくことができるのではないのですかね。兄さんが芝居をするのだって、ただむやみに夢中になるのではないでしょう。人間の本当の姿をあらわして、人間の真心にふれる時、初めて本気になれるのでしょう。人間の真心、本心、それは何をのぞんでいるのか、それがわかれば、私は人間をつくったものの、意志がわかると思っているのですよ。その本心でムキになって生き、また仕事をする、それが人生にとって唯一の生き方ではないのですかね。私は自分にできないことでは、運命に従うよりしかたがないと思うのですが、自分にできる範囲ではできるだけ、がっちりと本心を生かしたいと思っているのですよ。お兄さんはそうは思いませんか」

「それはそのとおりだと思うがね。しかしもう少し余裕があってもいいと思うね。風流というものの面白さが、このごろだんだんわかってきた気がするよ」

「ですが、余裕は仕事をしたあとで味わえるものではないのですか、草や木は充実しきって生きているから美しいのではないのですかね。人間は年が年じゅう仕事ばかりもしていられませんし、充実しきってばかりもいられませんが、仕事する時だけは充実した方がいいと思いますね。少なくも僕は画をかく時は、真剣になりきりたいと思っていますよ」

「それは人によっていろいろのゆき方があっていいと思うね。英ちゃんには今のゆき方が最上だと思うよ。だがそれが誰でもが歩かなければならない道とは思わないよ。だが他人は他人、自分は自分、自分にゆるされた唯一の道を歩くものは貴《とうと》いよ」

「まあ、そのくらいで兄さんと妥協しておきますかね。僕でもこのごろはいくらか生活にも余裕ができ、仕事にも余裕ができたとも思うのですが。やはり、何か、僕をいじめるものがあるように思って、負けん気を起こすのです。けちな根性と思うのですが、持って生まれた性質はなかなかなくならないものです」

「でもこんなに年をとって英ちゃんと二人でゆったりした気持で話ができる時がくるとは思わなかったよ。静子さんもいいおよめさんになったし、可愛い孫もできたのだから、英ちゃんもあんまり贅沢《ぜいたく》は言わない方がいいよ。信敏さんだって霊があったら、皆の仕合わせを喜んでいるにちがいないよ」

「それはそうです。あの子は実に親思いで、僕を実に愛していてくれました。皆人間は死んでゆくものですね。どんなに威張《いば》っている人間だって、死ぬことに変わりはないのですね。でも僕はそれで悲観はしませんよ。ますます本気になっていい仕事をしてゆきたいと思うばかりです。兄さん、今日はゆっくりしていらしっていいのでしょう。何にもないのですが、用意さしておきましたから」

「ああ、今日はゆっくりさせてもらうつもりで来たのだよ。またこんな日はいつくるかわからないからね」

　僕は立ち上がって、二人にお辞儀《じぎ》して静かに室を出た。二人は気がつかなかった。僕はまたそれを望んで、誰にも言葉をかけずに去ったのだった。夢のような一時だったが、僕は何か貴いものを見たような気がしたよ。

どっち笑う

僕が退屈しているところに、例の山谷五兵衛がやって来た。

「何か面白い話はないか」と言うと、いつもは必ず、

「あるね」と言う彼が、今日は珍しく、

「べつにないね」と言った。しかし彼は黙っていなかった。以下例によって彼の話である。


僕の友だちに妙な男があってね、自分ですばらしく運がいい人間だということを迷信しているのだ。自分の星がひじょうにいいのだと、誰《だれ》かに言われたらしい。それを彼はへんに信じていた。また彼の名も、手相もたいへんいいのだと彼は言っていたが、それはただ彼がそう信じているにすぎないので、僕たちから見れば彼はけっして運のいい男ではなかった。

「今によくなるのだ」と彼は信じきっていたが、その彼は四、五日前、他愛《たあい》なく死んでしまったのだ。そのお通夜《つや》の晩に五人の友だちが集まった。そこで、皆で、彼は本当に運のいい男か、運の悪い男かということが話題になった。そして結局彼は運のいい男だということになって、皆大笑いした。お通夜の晩だというが、誰も泣いた人はいなかっ

た。実際、彼は一人ものだった。彼はおそろしく貧乏だった、再婚する相手がなかった。彼がよき妻を失ってから、彼の生活ははたで見る目では憐《あわ》れな生活というよりしかたがなかった。そして彼は死んだ時、誰もわきにいなかった。彼が死んだことを知ったのは彼にわずかの金を貸していた人間が、金を返してもらいに行って彼の死んでいるのを発見し驚いたのだった。自殺かともその男は思ったそうだが、事実は四、五日ねていて、病気で死んだのだった。誰も彼の病気を心配しなかった。軽い風邪《かぜ》くらいに思っていた。もしこの時、誰か彼の病気を心配して医者に見せたら、彼は死なずにすんだのだと思う。

だから客観的にいえば彼はたしかに不幸な人間である。しかし主観的にいうと、彼はいつも希望に燃えていた。死後発見された日記を見ても、彼は少しも悲観していなかった。腹の底から、彼は今に自分が幸福な人間になることを信じきっていた。だから彼は今自分は死ぬわけはないと信じきっていた。

五人の友だちは、彼がどのくらい、自分の幸福を信じていたかを話しあった。

彼はいつも下手《へた》な詩をかいていた。しかし彼は自分の詩がいつか皆に認められ、彼は世界的な詩人として、目のさめるような詩集が出版され、その出版祝賀会が行なわれ、その席上で朗読する詩までかいて用意していたことが誰からか話され、皆で笑った。

実際僕も、それに近い話を聞かされていた。彼は今に金がはいってはいって困るときがくる。そうなると、僕の死期が近づいてくるので用心しなければならない。僕は貧乏の間は、どんなにひどい病気をしても死なないことにきまっているのだ。だから僕は金持になるのが、恐ろしいのだと彼は真面目《まじめ》になって言っていた。

彼はころべばころぶのがいいと思っていた。ただ妻に死なれた時は、彼はすまない、すまないと言って泣いた。妻を幸福にしてやれなかった、と言ってなげいた。しかし彼の妻は早く死んでよかったとも言えるのだ。その後の彼の生活は以前よりずっとみじめなものだったから。しかし彼はそうは思わなかった。妻は不幸な人間だった。幸福な時まで生きぬく力がなかった。彼はそう本気になって思っていた。

「実際、彼の迷信は徹底していたね」一人の男は言った。

「僕は彼がただ、強がっているのだ、あまり現実に恵まれないので、空想してごまかしているのだと思ったこともあったが、つき合えば合うほど、彼は自分の幸運の星を信じきっていることがわかった。何かに愛されている、これが彼の信仰、むしろ迷信だったね。僕なんかずいぶん皮肉を言ってやったものだが、彼はそれをけっして悪くとらなかった。そして僕をかえって軽蔑《けいべつ》した。僕は何かに愛されているのだ、僕の星は、最後に勝利を得る星でね。それまではずいぶん苦しむのだそうだが、その苦しみが皆、輝くものになって、僕の最後の勝利をますます美しくするのだそうだ。だから僕はどんな苦しみも、甘受するよ。僕は五度失恋したがその結果、理想的な妻と結婚することができた。失恋した時は、参ったのは事実だが、今にもっと僕に適当な人が出てくることを信じていたが、はたしてそのとおりだった、まだ細君の生きている時、そう言っていた。細君に死なれた時、参ってはいたが、彼はそれも、自分の最後の勝利のためには、やむをえない犠牲と一方思い、それだけなお細君に同情していたらしい。今度の自分の死だって最後の勝利のやむをえない犠牲に思っているだろう。もし自分の死んだことを知ることができたらね」

　皆笑った。

「その点、彼は仕合わせ者だね。この世に生まれた誰よりも仕合わせ者だったと言えるかもしれないね」

　もう一人の男は言った。

「なにしろ、どんな運命にぶつかっても、彼は自分を愛しているものの試錬《しれん》のようにとっていたからね。戦争末期の空襲の最中に僕のところにふらっと彼は訪ねて来た。僕はあのしつこい空襲に落ちつかないでいると、彼は平気な顔をして言うのだ。安心していたまえ、僕が君の処にくる気になったのは、君の処が安全だからだ。僕の運命を守護する者が、君の処は安全だから行くといいと教えてくれたから僕は来たのだよ。だから君は心配する必要はないのだ。そんなことを本当に君は信じているのか、僕の星はいいのだから、大丈夫だよ。僕は幸福の絶頂に死ぬようにできているのだ。まだ幸福の絶頂には立っていないから、僕は死ぬわけはないのだ。君は本当にそれを信じているのか。信じないわけにはゆかないよ。僕にはそれは既定の事実なのだ。君は運命というものを信じているのか。信じているね。今までの僕の経験から言って、僕は自分の運命を信じているのだ。それなら君は本当に不安は感じないのかね。僕は僕を守護しているものに愛想をつかされないかぎり、自分の運命を信じているね。僕は人間から見られると、ずいぶん愛想をつかされそうなこともしてきたが、僕の本心を知る僕を守護するものからは見放されない自信を持っているよ。僕は悪意のない人間だからね。そう言ったよ。実際あいつは悪意のない人間にはちがいないと思うね」

「悪意はなかったかもしれないが、虫のいい処はたしかにあったね。人はよかったが、虫もよかった」

皆、愉快そうに笑った。彼の死に顔もいっしょに笑っているようだった。

「実際、あいつは、利口《りこう》だったのか、馬鹿だったのかね。お人よしなのか、それともずるいのかね」

「ずるかなかった。しかしお人よしとも思わないね。自惚《うぬぼ》れは強かったからね」

「たしかに自惚れは強かったね。しかし彼の詩について君たちはどう思う。実際取柄《とりえ》のない詩かね。世間ではそう思っているがね」

「少なくも彼が思っているようないい詩ではないね」

「しかし一冊の詩集くらいは、友人として出したやりたいね。ちらばって、消えてゆくのは気の毒だよ」

「だが今詩集を出すのにはなかなか金がかかるよ。後世に残すほどのものとは思わないね」

「一つの詩も残す必要はないかね」

「あるとは思わないね」

「それなら彼が自分の運命を信じきっていたのは、一種の妄想《もうそう》にすぎないのかね」

「妄想にすぎないと思うね」

「しかしその妄想を、一生持ちこたえたところに、妄想でない、何ものかがあるね」

「つまり主観的に言えば、彼はこの地上でいちばん幸福な人間だったということになるね」

「死ぬ時はどうだったかね」

「ずいぶん苦しかったろうが、死ぬとは思わなかったろう。死んでも生き返るつもりだったろう」

「本当にそこまでの迷信を持っていたろうか」

「あいつなら持っていたと思うね」

「その点では、ともかく珍しい男だったね」

「死に顔だって実にいい顔をしているよ」

「この死に顔くらいの詩がかけたらね」

「なかなかうまくはゆかないよ。うんといい詩をかいて、悲観して自殺するものもあれば、うんと楽観してくだらない詩きりかけないものもある」

「世はさまざまだね」

「だがそこに一種の公平さがあるとも言えるかもしれないよ。いい詩もかけ、満足して死ねるというのは、少し贅沢《ぜいたく》すぎるからね」

「下手な詩をかいて、希望を持って死ぬのは、少し喜劇すぎて、気の毒だね」

「だが神の目から見たら、どっちが人間として立派《りっぱ》かね」

「僕はやはり、苦しくも、いい詩がかきたいね」

「僕はどっちがいいか疑問と思うね」

「どっちがいい詩か、きめられないね」

「しかしいい詩は読めば何か感動するものがあるが、彼のかくものは僕たちの心を打つものがない、あれではしかたがないと思うね。ことに現代とはまるで関係がないからね。いい詩とはどうしても思えないだろう」

「だがあいつは、百年後になると自分の知己が生まれるということを信じていた、だから彼は自分の詩について少しも疑問を持っていなかった。いつも自信を持っていた。誰に悪口言われても、彼は少しも不安は感じなかった。今にわかる。彼はそう思っていたよ」

「僕は一度、彼の夢を聞いたことがある。彼は海岸にすばらしい家を建てる。そこの庭には小川が流れ、前は入り江になっている。彼の庭には二つの池があって、一つには鯉《こい》の馬鹿に大きな奴《やつ》が泳いでいる、もう一つの池には海水をとり入れて大きな鯛《たい》をかっている。真水には鯉、海水には鯛、いかにも彼らしい幼稚な考えだ。魚は鯉と鯛だと思っている。もっとも彼は三津浜の水族館に鯨のいちばん小さい種類がかってあったのを見て、自分もいつか庭の池に鯨をかってみたいと言って、細君におこられていたことがある。庭の池に鯨をかい、庭の山に象や犀《さい》を飼ったらいちばん彼の夢を満たすことができるかもしれない。ともかくとほうもないことを考え、それが実現できると思うところが、彼らしい。しかし彼は自分の池に赤や黒の鯛をかい、また三、四貫もある鯉をかいたく思っているのは事実で、またその池のふちには花菖蒲《はなしょうぶ》が美しく咲き、池にはまた水蓮《すいれん》が咲き、水禽《みずとり》がおよいでいることを夢みていた。少なくも彼は三畳の小屋で死ぬとは思っていなかった。また死ぬ時まで自分が死ぬとは思わなかったろう。彼は想像の玉座の上で安眠し、皆に泣かれ、言葉どおりの詩人葬が行なわれることを夢見、枕元《まくらもと》には高価な自分の詩集が置かれ、それがまた棺の中に入れられることを夢みそれを信じていた。彼はけっして自分が贅沢を望んでいるとは思わなかったから、自分は国民詩人となることを信じていた。その点で彼ほど、仕合わせものはなかったと言える。羨《うらや》ましいとは思わないが、どんな人より幸福な人間だったと言える。どんな帝王でも、彼のように未来を信じていられるものはないだろう。彼は散歩したり、机に向かったり、若い友だちと話したりする生活に満足していた。ドン・キホテのように苦労して歩かずに、この世を征服することを夢見ていた。誰が出て来て、彼は幸福な人間でないと言っても、彼は自分を幸福な人間だと思って疑わなかった。僕たちがいくら口をすくしてしゃべって、彼は運命に愛されている人間ではないと言っても、彼は運命の愛を信じていた。人類は自分を中心として生長しているように考えていた。彼の詩にこういうのがある。

我《われ》あるゆえに
人類はあるなり、
我なければ
人類はなきなり
されど、我あれば
人類あるなり、
我、即人類なり
人類栄えれば
我栄えるなり
我栄えれば
人類栄えるなり、
我いやが上に栄えん
人類いやが上に栄えるなり
楽しきかな
我、人類
人類は我なり。

なんのことか僕にはわからないが、ともかくおおげさな男で、いつも自分が何かに愛されていることを信じていた」

「おめでたい人間だよ」

「彼の日記にこういうことがかいてある。人々は自分を不幸だと思っている。何が不幸か彼らは知っているのか、不幸と思うことが不幸なのである。不幸を信じているものが実に多い、幸福を信じるものは実に少ない、しかし人間は生きぬくために生まれたもので、生きぬくことは幸福に向かうことである。僕はくたばるまではへこたれない。いつか起き上がる、起き上がるもの万歳、そして僕は永遠に起き上がるものだ。僕には何かの加護がある。さもなければ、僕はもっと早くへこたれなければならない。だが僕はおのずと元気だ。おのずと心たのしい」

「ともかく死んでも死なない男だよ」

この時、僕たちは誰かの笑い声を聞いた。それは彼そっくりの笑い声だった。そこに彼と瓜《うり》二つの人物が彼らのなかに坐《すわ》っていた。いつこの男がはいって来たか誰も知らなかった。僕たちは寝ないつもりでいたが、いつのまにか居眠りをしていたらしい。その居眠りをしているうちに、その人物ははいって来たらしい。

「初めておめにかかります、僕は死んだ男と双生児だったのです。今日兄が死んだことを電報で知らせていただいて、すぐ飛んで来たのです。兄はたいへんみなさんのお世話になったことと思います。身内の者として感謝します。兄は変わり者で、私たちとはほとんど文通したことがなかったのです。ですから皆さんも僕がいたことをご存じなかったと思います。兄は一人で幸福にくらしているとばかり思ったのです。兄からたまにくる手紙は、いつも幸福の絶頂にいるようなかき方で、ずいぶん贅沢に一人でくらしているのだとばかり思っていました。私たちは双生児でありながら、不思議に性質が反対でした。兄はいつも楽天的で、未来をたのしんでばかりいました。私の方は未来を悲観ばかりしていたのです。兄は詩人になり、私は商人になりました。生活はすっかり別ですが、しかしどこか共通なところもあるらしく、よく兄とまちがいられるのです。それで私たちを二人だと気がつかない人は、私たちを二重人格者と思ったものです。兄は未来のことばかり考え、僕は現実のことばかり考え、兄は金のことを考えないのですが、僕は金もうけのことばかり考えていたのです。僕はお恥ずかしい話ですが、兄とちがって、俗人そのものだったのです。子供の時からそうでした。母は僕の方を信用し、僕は安心だと言いました。父は反対で兄を愛し、僕を嫌《きら》っていたようです。僕は学校はできました。同級でしたが、僕はたいがい一番、わるくて二番、兄はびりの前にちかかったのです。兄は学校の成績を軽蔑して、偉い人は皆、学校はできなかった。学校ができる奴《やつ》にろくな奴はいないと言うのです。しかし学校ができたので、僕はすばらしい家から養子にもらいうけられたのです。僕は得意でしたが、兄は軽蔑していました。戦後も、僕はなんとか切りぬけ、切りぬけた以上、土地では相当名を知られる者になりました。兄が困っていると教えてくれた人があったので、金を送りたいと思って手紙を出したのですが、その返事に、おまえの世話にはならないでも幸福にしている。僕の詩はますます有名になり、金がはいって困っているのだ、ちっぽけの金もうけをしたからって得意になるな、金がほしければこっちから貸してやりたいくらいだ。しかしそれは来年の話だがね。と書いてありました。来年からは少しおかしいと思ったのですが、相当にはくらしているのだと思っていました。こんな不幸にくらしているのを知ったら、生前には少しは楽な生活ができるように、したのでしたが」

そこで、僕たちの仲間の憤慨家《ふんがい》が言いました。

「しかし充分ご本人は幸福にくらしていらっしゃいました。けっして不幸ではなかったのです。さっき皆で話したのですが、この世でいちばん幸福だったのは、亡《な》くなった方だという結論を得たのです。それはたしかに、世間的に言えば不幸な方と言えますが、しかし希望を持ち、最後の勝利を信じて疑われなかった点で、この方ほど幸福な方はないと思うのです。あの死に顔を見ても、この世に勝った人という感じを受けました。今になって、私たちは故人を崇拝する気になったのです」

「そうですかね。死ぬまでに大金持になり、金がはいって困るようになる、ある人相見が兄にそう言ったそうです。そしてその人相見は、僕は金に縁のない人間だと言ったそうです。兄はその人相見の言ったことを信用して、自分が死ぬ前は、おまえの百倍か、千倍の金持になる。その時おまえに金の使い方を教えてやろうと最後に逢った時、言っていましたが、人相見なんてずいぶんでたらめを言うものですね。僕は貧乏のどん底生活をして野たれ死にをすると言わないばかりでした。兄と僕とは顔は似ていたのですが、人相見はどういうものか、兄を馬鹿にほめて、私をまた馬鹿に悪口を言ったものです。

私はそれに反撥《はんぱつ》したのが、今日ある元因になっているとも言えますから損はしませんでしたが、兄は馬鹿なことを信用したもので、いくら怠けても金はおのずとはいってくるものと思っていたらしいのです。ひどい目に逢ったものです。僕のことをよく俗人俗人と言っていましたが、死ぬ時はさすがに後悔したのでしょう。自分の方が馬鹿だったことに気がついた時は、もう遅すぎたわけで、兄には気の毒なことをしました」

「気の毒なのは君の方か、故人かちょっとわからないと思いますね」

「どうしてです。僕は兄の空想したような生活をしているのです。僕の家に来てごらんなさい。庭には二つの池があり、一つの池には鯛がおよぎ、一つの池には大きな鯉がおよいでいるのです。そして花つくりが庭に美しい花をつくり、清い小川は庭のまん中を流れているのです。兄の夢物語をそのまま僕は実現して、ひとつ兄を呼んで驚かしてやろうと思ったのですが、兄は死んでしまったのでがっかりしましたよ。だが僕は自分を幸福だと思っていますすね」

「あはははは」

「誰です。今笑ったのは」

「誰も笑いはしませんよ」

「いやたしかに誰か笑いましたよ。まさか兄が笑うわけもありませんからね」

「いや故人が生きていて、あなたの話を聞いたらきっと笑うでしょうよ」

「あははははは」

「誰です。笑ったのは」

「誰も笑いはしませんよ」

「いや、僕を軽蔑して誰か笑ったでしょう」

「笑えば、あなたのお兄さんでしょう。僕たちは笑いはしませんよ」

「おどかさないでください」

「しかし人間は死ぬまではその人の運命はわからないものです。いや死んでもまだわからないかもしれない。百年か千年たたないとね」

「どうしてです」

「百年たつと知己が出てくるかもしれませんからね。あなたの兄さんは百年たち、千年たつと知己が出てくることを信じていましたよ」

「気違いですな、馬鹿につける薬はないように、気違いにつける薬もないようですね」

「見ようによれば皆、気違いですよ。あなたなんかその中でもずぬけた気違いかもしれませんよ」

「よしてください」

「僕たちも皆、少し変わっていますよ。変わっていない人間なんて、一人もいませんよ。皆一種の気違いですよ。人間は、ただいい気違いと、わるい気違いがいるだけで、いい気違いは、あなたの兄さん」

「そして悪い気違いは僕だと言うのですか、よしてください。ここの空気は少し変ですね」

「変なのはここだけではありません。僕は時々こう考えるのですよ。人間が生まれた時から、毎月毎月一日にその人の写真をとって、その人が死ぬ時までそれをつづけて、それを映画にうつして見るのですね。そうすると皆またたく間に大きくなって、またたくまに齢《とし》をとって、またたくまに死んでゆく、そういう人間をつづけて十も映したら、どんな気がするとね。皆気がへんになって、人生は実に味けないものになると思いますね。人間の幸福なんてつまらないものですよ。僕たちは死ぬために生きているのですからね。生きている人の後ろには僕はいつも死に神の姿を見るのです。あなたの後ろにも、死に神がいて笑っていますよ」

「よしてください」

「だから僕は死に神に負けないものでなければ本当に幸福な人間ではないと思っているのですよ。あなたは死に神を笑うだけの勇気がありますか」

「ありません。誰だってないでしょう」

「ところがあなたの兄さんは、死に神を自分の親友のように思い込んでいたのですよ」

「どうですかね」

「いや、死に神さえ、自分の親友、いや自分の家来くらいに感じていました。自分は、死んでもいい時までは死なないようにできている、死んでも生き返るようにできていると、思い込んでいましたね」

「兄なら、そのくらいのことはあったでしょう。だが今度はどうでしたかね」

「死なないと思っていたでしょう。いよいよ死ぬ時はこれもいいと思ったでしょう。あるいは生き返ると思っていたでしょう」

「どうですかね」

「少し死に顔がかたくなりましたが、僕が来た時は、まだ微笑しているような表情でね。われ勝てりというような感じでしたよ」

「ともかく稀代《きだい》な楽天家でしたからね。それなら兄は不幸ではなかったわけですね」

「もちろんです。僕たちは故人ほど、幸福な方はなかったという結論に達したのです」

「しかしそれも想像にすぎませんね」

「もちろん、そうですよ。だが不幸だったとはなおきめられませんからね」

「不幸を不幸と思わないということはどういうことですかね」

「幸福を幸福と思わない人が多いのと同じじゃないですかね」

「僕は兄貴に、兄より僕が幸福だということを認めさしたかったのですよ。兄はいつでも、僕を不幸な人間と思いたがっていましたからね」

「それは、故人が生きていても無理だったでしょうね。故人は他人を羨望《せんぼう》することは、しませんでしたからね。自分は立派な詩集を出したがって出せなかったくせに、他人がどんな立派な詩集を出しても、今に自分はもっと立派な詩集を出すのだと思い込んでいましたから、少しも羨ましがってはいませんでした」

「兄の詩集をすばらしい装幀《そうてい》で出すことにしますかな」

「詩集を出すほどの値うちはないというのが、僕たちの結論でした」

「しかしいくらつまらない詩集でも、詩集を出していかんという規則はないでしょう」

「日本ではありませんね」

「そんなら、僕が金はいくらでも出しますから、一つうんと立派な詩集を出すことにしようじゃありませんか」

「少しもったいない話ですね」

「いや、ちょっと道楽をした気になれば、そんなことはなんでもないでしょう。くだらない詩を立派に装幀して出すのも、ちょっと面白い皮肉じゃありませんか」

「あなたは故人の詩を愛して詩集を出すのではないのですね」

「もちろんですよ。僕は兄に長年軽蔑されてきた復讐《ふくしゅう》として兄の詩がどのくらいくだらないかを、世間に知らせるために、できるだけ立派な詩集が出したいのですよ」

「それはたしかに面白い、しかしあくどい復讐ですね」

「たしかに兄の詩はつまらないのでしょう」

「それは僕たちが保証します」

「そうですか、それを聞いたら、僕はすっかり愉快になりましたよ、一つ近所の酒屋をたたき起こして、上等の酒を持って来させて、一つ世界一下手《へた》な詩をかいた、男のために世界一に美しい詩集が出されることを祝おうじゃありませんか」

「あはははは」

「また誰か笑いましたね。その笑いの意味はどういうわけですか」

「たしかに面白いくわだてですよ。故人はさぞ喜ぶでしょうよ」

「全世界が、自分の詩を認めたと言ってね」

「それなら金をください」

「ともかく五万円だけ渡しておきます。葬式も一つできるだけ盛んにしてやろうじゃありませんか。世界一の下手な、そのくせ自惚れの点でも世界一の詩人のお葬式ですからね。葬式も一つうんと変わった葬式をしようじゃありませんか」

「それは愉快です。彼の詩の内でもいちばんまずい詩をプラカードにかいて、それを十二人の人をやとって持たして歩こうじゃありませんか。すると世間の馬鹿は、その詩がいい詩なのだと思って、下手に思える自分が馬鹿なのだという錯覚を起こすでしょう。そして自分が馬鹿だと思われるのがいやで、大いにほめるでしょう」

「そこで、君たちは大いに下手な詩をもっともらしいことを言ってほめるのですね。そこで皆詩集を買って、読まないと時代遅れのように思い、ほめないと時代に遅れるように思って、賞《ほ》めあげるようになるでしょう。大いに広告して、世界一くだらない詩を、世界一に立派な詩にして、詩集をうんと高くたくさん売って、大いにもうけてやりましょう」

「もうけたら僕たちにおごってくれますか」

「もちろんですよ。僕は兄の詩集なぞで金もうけをしようなぞとは思いません。大いにもうけたら一つ銅像でもつくりますかね」

「その銅像は何と名づけましょうかね」

「兄が逆立ちをしているところを銅像につくってもらいましょうよ」

「故人は逆立ちなんかできなかったでしょう」

「できなかったからなお面白いのです。世の中はなんでも逆さまだということをあらわすわけですね。そして僕たちは知らん顔して、いい気になっていればいいじゃありませんか。世間では僕がどのくらい、兄を尊敬していたかがこれでわかると言って、美談として新聞なぞに書きたてるでしょう。僕はそれを笑って見てやるつもりですよ。世は逆《さか》様《さま》とでも名づけますかね」

「それは愉快です。君は存外話せますね。同じ双生児で、よくもこう変わった兄弟ができたものですね」

「兄の方は真面目一方、弟の僕は逆立ち一方、だが世間では僕の方が秀才で、真面目で、成功者と思っています。兄は世間を愛し、この世を愛し、馬鹿人間を愛し、そして皆から裏切られていることをまるで知らず、自分一人いい気で生きてきました。あれで下手な詩さえつくらなかったら、実に珍しくいい人間でした。僕は嫌いですが、いい人間というよりしかたがないでしょう。ところが僕は元来インチキな男です。世界にインチキが多いことを知らされすぎて育ってきたので、それならおれはその方でもっと上手になってやろうと思ったのです。僕は馬鹿でありませんから、尻尾《しっぽ》をつかまれるような、いつもびくびくしていなければならないようなことはしません。でも、利用すべきものは利用し、もうけるべき時はもうけてきました。処世術は一とおりも、二とおりも心得、百とおりも心得てきました。僕から見ると世間の人は馬鹿に見えます。自分の墓地を掘っているものが、実に多いのにあきれます。僕はそんな馬鹿なことは嫌いです。しかし思いきってあばれてみたい気はするのです。馬鹿者がいばっていたり、崇拝されたりするのを見ると、世の中の馬鹿さにちょっと愛想がつきるのです。ですから僕は今度兄の詩集を出し、兄の銅像をつくるのは実に痛快です。ひとつ皆さんのお骨折りで、思いきって逆立ちをしてみようじゃありませんか。この世は痛快なことが実に少ない。皆こせこせして生きているのです。たまには奇想天外のことをして大いに笑いたいものです」

「賛成、賛成」

そこに酒や肴《さかな》がはこばれてきた。死人はもうそっちのけである。

皆大さわぎ、どこからか酌《しゃく》をする女まで呼んできた。

「ご病人の処でこんなにさわいでもいいの」

「よくねているので、いくらさわいだって目がさめない病人なのだよ」

「まるで死んだように眠っているのね」

「そうだよ。だから遠慮はいらないのだよ」

「そうお、ちょっと気味がわるいわね」

「大丈夫生きているのだからね」
「あははは」
「誰だ、笑ったのは」

不思議

一

　僕は客間兼読書室で、ぼんやりしながら見るともなくそこにかかっている死んだ友だちの画《え》を見ていた。この友だちは二十三で死んだ。今生きていれば六十になる。二十三でもう相当立派《りっぱ》な仕事をしていた、友人仲間からは大いに期待されていたが、湖水で泳いでいるうち、溺《おぼ》れてしまった。実にあっけない死をとげてしまった。僕たちは実にがっかりした。今生きていればたいしたものだと思うがどうしようもない。この画は今見てもなかなかよくかけている。僕はこの画をその友の母から形見としてもらった。だが、それから四十年同じそこにかけて毎日見ているわけだが、今だに見あきない。このごろ変にこの友だちのことが思い出されるのである。

　実際有望な人が若くって死ぬ、これはいくら考えても取り返しのつかない、惜しいことである。

　そんな気持で画を見ていた時、山谷五兵衛が訪《たず》ねて来た。僕は喜んで彼を通した。そして彼の顔を見ると、いつものように、

だした。

「ない」と言ったためしのない山谷は今日もすぐ「ありますよ」と言った。そして話し

「何か面白い話があるか」と聞いた。

二

僕が久しぶりに書家の泰山の処にゆくと彼は床の間に「天上天下唯我独尊」と半切に力強くかいた書を鋲《びょう》でとめて自分で見ていた。相変わらず僕の存在なぞは眼中にない。あるものは自分の書ばかりという感じだ。

「おい」と声をかけると、

「よく来た」と言うが、まだ書を見ている。

「たいした字をかいたね」

とほめたのか、ひやかしたのか僕にもわからないが、そんな言葉がおのずと僕の口から出た。

「だめだ。まだ僕にはこの言葉をかく力がない、いくら見ても、だめなものはだめだが、どこがだめか見ている」

「よくかけているじゃないか」

「そりゃ、今の日本でこの字がかける男は僕だろう。しかしこの言葉の大きさは、僕に

はまだつかめない」

「それなのになぜこんな字をかいたのだ」

「野蛮人にたのまれたからさ」

「野蛮人？」

「小説をかく若い野蛮人にたのまれたのだよ」

「そんな野蛮人にはこの言葉は薬がききすぎはしないか」

「薬がききすぎればいいのだが、どうもこの字じゃ、だが野蛮人には、このくらいのところでまあいいとしておくか。これ以上の字が今の僕にすぐかけるとも思わないからね」

「どこがいけないのだ」

「もちろん全部だ。まだ僕の気魄《きはく》が足りない。もっとも僕だって内心、天上天下唯我独尊居士の一人だと思っているが、実力はまだそこまでいっていない。まだゴマメのはぎしりだよ」僕はなんと返事していいかわからないので黙《だま》っていた。

「今の日本人は自信を失いすぎた。野蛮人はそれに反撥《はんぱつ》して、この文句を僕にかいてもらって書斎にかけて、毎日見たいと言うのだ。野蛮人らしい考えさ」

「野蛮人という号なのかい」

「野蛮人と皆で呼んでいるのだ。でたらめな男さ」

「面白そうだね」

「いい奴《やつ》にはちがいないが、まだ海のものか山のものかわからない男だ」

「君の処によく来るのかい」

「兄貴の方がよく知っている。しかしこのごろは時々やってくる。野蛮なところに共通点があるのだろう」

「どう野蛮なのだ」

「ともかく向こう意気が強いのだ。身なりをかまわず、自分の仕事に没頭しているのだ。たいした勉強家で、本をよく読んでいる。そして何か毎日かいている。まだものにはならないが、あの生活力では、今にものになると思われる。ともかく気持のいい熱情家だよ」

「ちょっと逢《あ》ってみたいものだな」

「今に来るよ、この字をとりに」

噂《うわさ》をすれば影というが、こう泰山がいったとたんに、野蛮人があらわれて来た。実際身なりを構わない青年である。覇気《はき》の強そうな、しかし誠実な、一こくなところのある青年だ。

「どうだ、まあ、今の僕にはこんなところだ」

青年はその字を見て、

「すばらしいできですね、これがいただけるのですか」

「もちろん君のためにかいたのだよ」

「ありがとうございます」

「しかし文句が大きすぎてなかなか僕にはかけない」

「本当に大きな文句ですね。お釈迦《しやか》さんが生まれるとともにこんな大きなことをいったといい出した人はどういう人で、どういうつもりでいい出したのでしょうね」

「これは漢訳する時の誤訳で、原文は少しこれとはちがうのだと、何かで読んだが、僕にはもちろんはっきりしたことはわからない。しかしこのくらい自信の強い言葉はない。自信家の親玉の二宮尊徳はこの言葉に同感して、人間は誰でもこの意気を持たなければならないと言っているのを読んだことがあるが、僕はその時べつにこの言葉に感心したわけではない。戦争に負けて、皆の自信がなくなって来た時、僕はこの言葉がだんだん好きになり、この言葉の意味がいくらかわかってきたように思うのだ。しかしまだこの言葉を声高らかにいいうるだけの自信はないが、この言葉が好きになり、君についその話をしたので、かかされることになったが、書いてみると自分の力の不足が思われる。しかし誰かが出て来て、この字の悪口を言ったら、君にこんな字がかけるかと言ってやるだけの自信はあるがね」

「先生でなければかけません」

「そういわれると、恐縮するが、しかしこの文句をかかした君は、今後の責任は重いよ」

「やるだけやります。詩を一つかいてきたのですが、聞いてくださいますか」

「聞こう」

青年は懐中から雑記帳を出して声高に読んだ。

「奈良の郊外に　一つの大きな木がある
化《ば》けもののような　大きな木がある。
私はその木の名を忘れた、
だが大きな木がある、
私はそれを見ておどろいた
アメリカにはそのまた何倍の木がある、
その他世界にはまだまだ大きな木がある
私はその実物は見ないが
その写真は見た　話も聞いた、
私はそんな大きな木になれるとは思わないが
そんな木にもまけずに
私は天と大地を賛美したいと思う。
天と地の恵みを受けて
それを賛美したいと思う」
読み終わって青年は黙って泰山を見つめた。
「僕には詩はわからないが、天と地を賛美することは賛成だ。どんな若木でも天と地の慈味を、とってどこまでも生長することは賛成だ」
「もう一つ聞いてください」

「いくらでも聞くよ」
青年はまた読んだ。
「ある人は私を笑っていった。
ちっぽけな島のちっぽけな詩人
君は大きな海を見たことがないのか、
私は大きな海の海岸に立って
大きな声を出して　太平洋の波に向かって
歌をうたう詩人である
波のうねり　波のくだける音
君はそれを知らないのか
私はそれを知っている、
私はちっぽけな島に住んでいるが
大海と大空の詩人でありたい」
「大きく出たね」
二人の老若の野蛮人は大きな声を出して笑った。

三

それから泰山は言った。

「あのことはどうだった」

「だめでした」

「参ったか」

「参りました。ですが負けてばかりはいません」

「やはり結婚は本当だったのか」

「本当でした」

「君を愛してはいなかったのか」

「どうもそうらしいです。僕を愛するわけはないです。愛してくれてるかもしれないと思ったのは自惚《うぬぼ》れでした。今朝も鏡で自分の顔を見て女に好かれる顔でないことを知りました。それでまた詩をかきました」

「よく詩をかく奴だね」

「他にしかたがありません。聞いてくださいますか」

「あまり聞きたくないね」

「いいえ、聞いてください」

「それならしかたがないから聞いてやるか」
「美しい鳥はとんで行った、
醜い木が残った　そして泣き顔して
美しい鳥の飛んでゆくのを見ていた、
美しい鳥は美しい木にとまって
喜びの歌を唄《うた》った
醜い木はそれを見て涙を流した
淋《さび》しい淋しい、限りなく淋しい
そういって泣いた、
しかし泣いているうちに
勇気がわいてきた
大きくなろう、大きくなろう
大きくなって偉大な木になってやろう、
天上天下唯我独尊
醜い木はそういって
泣きながら哄笑《こうしょう》した　わはははは」
青年は実際泣き笑いした。
泰山は今度は笑わなかった。

「しっかりやるのだな」

「やりますやります、やるよりしかたがないのです。死んでもやりますよ」そういった。

青年は泰山の字をもらって喜んで帰った。泰山は同情の眼《め》で青年を見送っていった。

「野蛮人も今度は参ったらしいな。あとのためには悪くないが、相当苦しまなければならないだろう。だがその苦しみが強ければ強いだけ、あいつはものになるだろう」

「失恋したのですか」

「そうだ。あいつの従兄《いとこ》にうまく利用されたのだね。それで自分が女に愛されていると思い込んでしまったのだ。ところがいざとなると女は従兄のものだったのだ。あいつはカムフラージにつかわれたのだね。女はあいつの従兄にあうためにあいつの処に来たのだ、それをあの野蛮人は自分に気があって自分の処に来ると思ったのだね。もしかしたら初めは野蛮人の処に来たのかもしれないが、従兄の方が美男でもあるし、才人でもあるので、如才なく女に近づいて行ったのかもしれない、どっちにしろあの野蛮人が恋に成功するとは思っていなかった。あの野蛮人のお父さんというのが僕の兄貴のものを時々買うのだ。それであいつは父さんの画の選択の顧問格で兄貴の処に時々来たのだ。そこで兄の弟子《でし》だった一人の娘と知りあいになったのだ。美しい娘で、肉体美人と言っていい感じの娘で、僕も見たことがある。その娘は文学好きでもあるので、野蛮人の処に本を借りに行ったのが交際するきっかけになったのだ。野蛮人ははき溜《だ》めに鶴が降りて来たように喜んだ。そして文学の話を盛んにしたらしい。相手が閉口《へいこう》することなんかてんで考えず、自分だけいい気になって話をし、そして相手は感心して聞いていると思っていたらしい。そこに従兄があらわれて仲間にはいったのだ。野蛮人は従兄を軽蔑《けいべつ》しているので、従兄が歯の浮くようなお世辞《せじ》を女にいうのに反感を感じていて、僕の処に来ても時々従兄の悪口を言っていた。たとえば自画像を見てくれと持って来たことがある。野蛮人は頭から悪口を言う。すぐそのあとで従兄はその画をほめて、『ぜひください』という。すると女は野蛮人にあてつけのようにその画を喜んで従兄にやるのだ。実は野蛮人も大いにほしいのだが、悪口を言った手前、ほしいとはいえない、その時はずいぶん参ったらしい、僕の処にすっかり悲観したような顔してやって来た。だがその後も女は野蛮人を嫌《きら》ってはいないらしく、かえってその後野蛮人に今までよりも、厚意を見せだし、野蛮人のものをなおほめ、よくやって来るようになった。だが従兄もよくやって来た。そのうち従兄はあまり来なくなり、女もだんだん来なくなり、野蛮人は少しずつ元気がなくなってきた。つまり従兄は野蛮人の処の帰りに女と約束して、途中で逢って、いっしょに映画を見たり、お茶をのみに行ったり、ダンスをしに行ったりしていたのを、野蛮人は少しも気がつかなかったのだ。そこが野蛮人の野蛮人たるところで、新しい女に好かれないのは当然なことなのだが、そこには気がつかなかったのだ、また気がついたって、いっしょにダンスなんかできる柄《がら》じゃあないのだから、指をくわえて引っこんでいるよりしかたがないのだろう。だから当然の結果を得たにすぎないのだが、参るのも無理がない、なかなか美しい娘だったからね。それに従兄のやり方が相当露骨だったので、野蛮人ますます野蛮人になったわけなのだ。そして僕も柄になく同情して、どうかしてものにしてやりたいと思ったわけなのだ」

「それであの文句をかいてやったのですか」

「そうだよ。あの文句がこのごろへんに頭に浮かんで来たのであいつを元気づけるのにいい言葉だと思って、この前来た時あんまり悲観しているので話してやったら、藪蛇《やぶへび》で書かされてしまったのだ」

「僕にもいつかかいてくれませんか」

「君には、あの文句は似合わないだろう」

遠慮のない泰山はそういうので、「それなら僕に似合う字をかいてください」といったら「君には何という文句が似合うかね」といって泰山は考えていたが、

「不思議という字をかいてやろうか」

「どうしてです」

「だって今の世に君のような人間がともかく生きていられるのは不思議だからね」

僕はがっかりしたが、反抗的にいった。

「不思議でもいいよ。君だって今の世に生きているのは、不思議でないとはいえない」

そういったら泰山も笑っていった。

「まあお互いさんだね」

二人は笑った。泰山はやおら筆をとって紙に「不思議」という字をかいた。

僕はその字に感心して見ていたら、

「少しやるのが惜しくなったな」

「そんなけちなことはいわずにください」

「やることはやるが、不思議に僕としては気に入った字ができたよ」そういって彼は泰山と署名し、印を押して僕にくれた。

「なかなかいい字だ。今度来たら見せてやるよ」

山谷五兵衛はそういった。

その後二、三日して僕は山谷の処にわざわざその字を見に出かけたら、山谷は大笑いしていった。

「君は存外人がいいね。あの話を本当にしたのか」

悪魔の微笑

一

山谷五兵衛が来た時、画家白雲子の話になった。どうしてなったか僕は知らない、その時僕は山谷があまり白雲子をほめるので、白雲子についていやな噂《うわさ》を昔、聞いていたことをふと思い出した。

それは十二、三年前の話だが、彼の女の弟子《でし》に彼が手を出した。その結果子供ができたので、彼はその女弟子を見捨てた。その結果、その女弟子は川に身投げして死んだというのだ。

僕はこの話を聞いてから白雲子に厚意が持てなかった。しかしいつのまにかその噂を忘れて、白雲子の画が好きになり、白雲子にも厚意を持つようになっていたのだが、山谷の白雲子をほめるのを聞いているうちに、ふとその話を思い出したのだ。すると以前いやな気がしたことを思い出したのだった。

それで僕はそのことを話した。すると山谷は、

「その話は嘘《うそ》です。私はその時の事情をよく知っています。その女が誰《だれ》と関係し、誰の

子を宿したことも知っています。そしてその噂の出処も知っているのです。それで僕は白雲子に、その話の嘘なことをはっきりさせることをすすめたこともあるのです。その時、白雲子は白雲子らしく言いました。噂が羽根が生《は》えて飛んでいるのを、いちいちつかまえて弁解するわけにもゆかない、新聞記事にでもなれば弁解のしようもあるが、噂だけではどうにもならないよ。だが本当のことを知っている人もたくさんいるから、僕はべつに気にはしていないよ。僕の妻だって本当のことを知っている。だから僕は安心している。しかしあの女は気の毒な女だった。だが自分が殺したのじゃないから、たいして心がとがめられないから、噂はどうあろうと、安眠できるから問題にはならない。本当に僕と関係があって死なれたのなら、僕は安眠できないだろう。寝覚《ざ》めもさぞ悪いだろう。とそう言っていました。あなたにはまだこの話はしませんでしたかね」

「聞かない」

「それではひとつその話でもしましょうかね。ずいぶん前の話ですから、少し話が事実とちがうかもしれません」そう言って山谷は話しだした。

二

僕が十二、三年前のある時白雲子を訪問したのです。白雲子はアトリエで一人の若い美しい女の人と二人で林檎《りんご》と馬鈴薯《ばれいしょ》を油でかいていました。僕は奥さんにアトリエに案内されて、二人が画《え》をかいているのを見ていました。同じものを二人がかいているのですが、そのできは雲泥《うんでい》の差があるのは事実です。でも二人は仲よく画をかいていました。まもなく白雲子の画はできあがりました。ですが女の人はまだ一心にかいていました。勉強家の白雲子はスケッチ・ブックを持って来てその女の画をかいているところをスケッチしました。女の人はそれに気がついているのか、いないのか一心に画をかきつづけていました。しかし僕はまもなく女の人は先生にかかれていることに気がついていることに気がつきました。今までのように無心で画がかけなくなっているのです。顔の表情も変わってきました。先生もそれに気がついたらしくスケッチをやめて、休んだらどうですと言った。「はい」女は素直にそう言って、先生の方を向いて微笑した。確かに美しい女で、先生も嬉《うれ》しそうだった。僕は六感を働かしたくなった。

女の人は細面の痩《や》せた身体《からだ》をした、いくらか痛々しい感じのする美人だが、動作はきびきびして、血色はよかった。二重目ぶちの目がことに生き生きとして美しかった。たしかに画になりそうな顔をしていた。

女の人はまもなく帰って行った。

「綺麗《きれい》な人ですね」と僕は言った。

「なかなか綺麗だ」

「あぶないですね」

「何が」

と先生はしらばくれたが、

「君じゃないからね」

「僕なら安心です」

「どうだかね」

「相手が安心だから、僕も安心です」

「僕もご同様だよ」

「どうですかね」

「そんな馬鹿なことは言わずに、どうだ景気は」

「相変わらず困っています」

「それもご同様か」

「先生とご同様ならよろしいが」

「誰かおれの画を買う人はないかね」

「先生の画はどんどん売れるのではないのですか」

「そうもゆかないよ」

実際、当時は白雲子一代にとって、評判が中だるみをしている時でした。それから四、五年たって、白雲子の画はまた売れ出し、ついには全盛を極《きわ》めることになったわけですが、その時分、世間の景気もよくなかったが、白雲子自身の仕事もちょっとゆきつまった感じがして、世評もあまり面白くなかったのです。でももちろん、一流の画家にはちがいなかったのですが。

白雲子もいつかこう言ったことがあります。

「おれの一生も平坦《へいたん》に来たというわけではなかった。いろいろの時代を通ったわけだ。立ち止まったらもうおしまいだという時が何度かあった。その時、一歩退いて、大いに勉強することで、やっと一つの関所を破ることができる。すると一気にまたある所まで進むことができる。僕は何度も関所を破ってやっと今日の所まで来れたのだ。自慢するほど苦労したわけでもないが、これでも楽に今日まで来れたわけではない」

当時はその苦戦時代の一つだったのでしょう。僕はそれで、

「先生の画は高いからなー」と言った。

「相手によってはいくら安くしてもいいのだよ。画を売らない人で、安価《やす》く買ったことを自慢にしない人ならね」

しかし僕にはあまりお世話をすることはできなかった。特に安価くしてもらって二つばかり売って、それでも先生に喜んでもらい、デッサンを一枚もらったのはその時分の話で、今思うと隔世の感がある。とは言って先生のくらしは相当贅沢《ぜいたく》で、金に困ったと言っても、それは私たちの生活に比べると雲泥の差があったのはいうまでもないことです。

そういういくらか景気の悪い時に、美しいお弟子ができたので、先生の生活がいくらか明るくなったのは事実です。

それから先生の処にゆくとよくその女の弟子に逢いました。同時に男の若い弟子たちにもよく逢いました。その女の人と若い男の弟子たちが仲よくし、若い同志で写生に出かけたりすることもあったようで、先生はもちろん、今よりは元気でしたが、若い人の仲間入りはしなかった。そしてそういう若い人たちの行動を心よく思っていないことも、言葉のはしにもれて感じられた時もありました。若い連中はそんなことを気にするにはあまりに元気でした。

この若い仲間に一人とびぬけて画のうまい人がいたのです。先生の見ない所では新しい画もかいていたようで、先生の画ももうふるくなったくらいのことは言っていたらしいのです。しかしこの男は実に如才ない男で、先生の前へ出ると、先生の画を傍《はた》のものが気まりがわるくなるほど、賞《ほ》めるのでした。その賞め方が、先生の内心得意にしているところにうまくふれるので、先生はこの弟子を好いてい、また大いに有望だと公言していました。

実に才人だったのです。顔もなかなかいい顔をしていました。みなりもなかなかこっていました。僕には安心して表裏を見せていましたから、僕はその男を信用できない男と思い、先生も用心なさる方がいいのだがと思ったのですが、そう言うのは中傷のような気がして、僕は露骨に言えなかったのです。例の女の人とはことに仲よくし、女の人の家にもちょくちょく出かけていたようです。僕は一度、その男がその女の下手《へた》な画をほめているのを見ましたが、聞いているのが恥ずかしくなるような、歯のうくような賞め方をしていました。他の人にはちょっと真似《まね》のできない芸当ですが、そのほめ方が、相手の気持を実によく察してほめるので、人のいい彼女はお世辞《せじ》だということは知りながら、だんだんいい気になってくるのは事実でした。ともかく自分の目的を達するにはあらゆる手段のとれる男でした。

初めは女の方ではあまり気があるようには見えなかったのですが、いつのまにか、男の思うとおりに動かされてゆくようでした。

白雲先生はそれに気がついているのか、いないのか、僕にはよくわかりませんでしたが、白雲子がその男の人に対して以前のように厚意を持たなくなったことは事実でした。

しかしその男の才能は認めていました。あんな男がこの世ではものになるのだろうと言っていました。

だがある時、女に、あまりあの男に近づかない方がいいと注意したことがあったようですが、もう遅すぎたらしいのです。女は、

「そんな方ではありません。私のことをご心配なさらないでください。私は自分の行動は自分で責任を持ちたいと思っています」

そんなことを言ったようでした。先生もそれ以上注意はなさらなかったようです。

それからは坂をころがる球のように、女はだんだん男の方に引きずられてゆきました。傍で心配する必要もない、似合いの夫婦だという気もしなくはなかったのですが、しかし今にひどい目に逢いはしないかという不安はなくなりきりはしませんでした。でも男

の方でも女に夢中になっているのは事実でしたから、僕たちはあまり心配もせず、勝手にしろと思っていました。

そのような状態がいく月つづいたか僕は知りませんでした。その間にだんだん男と女の関係が変わってきたのに僕は気がつきました。

もう以前のように男は女にお世辞はつかわなくなりました。女はあまり画をかかなくなりました。ある日なぜかかないのですと僕が言った時、私には才能がないことがわかりましたからと言いました。

男はそれを聞いても、べつに反対しませんでした。以前あんなにほめて、画の仕事をすることを恥知らずにほめていた彼は、今では女に才能がないことを露骨に知らせたらしいのです。それでも女は喜んで男の言うことを聞いているのです。

男は目に見えて暴君ぶりを発揮してき、女を馬鹿にしたようなことを平気で言うようになりました。言われて女は少しも腹を立てず、にこにこして聞いているのです。そして男を崇拝しているように見えました。

女は僕たちが見ても気の毒なくらい、男の機嫌《きげん》を損《そこ》ねないように、媚《こ》びているような態度さえ見せるようになりました。もう女の目には他の人はどうでもいいことになったようです。彼のことだけで頭がイッパイのように見えました。もう女の方は自分が男を愛していることを誰にもかくす気がしなくなったようです。

白雲先生はもうなんにも言いませんでした。

私に、あの女が不幸にならなければいいが、と一度言われたこともあったようですが、その話にはいっさいふれないようになりました。その時でも女の人の悪口は先生は言いませんでした。そして男の才能は認めていたようです。だが男が女に対する態度には、何か面白くなく思われていたようです。

男の人が個展をやることになった時、先生はあまり気のりがなかったようで、男から何か個展について書いてほしいと言われた時も、自分は文章はかけないからと断わっていました。

男の人は五、六人有名な人にたのんで推薦文をかいてもらいましたが、先生はかきませんでした。そしてその個展に先生はついに姿を見せませんでした。

この個展はたいへん人気があり、新聞の評もたいへんよく、見にくる人も多かったのです。

男はもちろん得意でしたが、彼女は彼以上に喜んでいるようでした。

僕は二、三度見にゆきました。いつも見物人がいっぱいでした。会場が大きくなかったせいもありますが、彼の人気がたいしたもので、白雲先生が個展をやってもこれだけの人は来ないと思われ、また新聞の評も出ずにすんだろうと思います。彼は画の方にも才能があるのは事実ですが、人気をとる方にはなお才能があるのは事実で、それ以上画を売ることには天才でした。

僕がゆくと如才ない彼は愛想よく僕を迎えてくれましたが、しかし画を買いそうな人が来れば僕の存在は零になるのでした。僕はもちろんそんなことを気にかけませんでした。

彼女は店員とまちがえられる存在でしたが、彼女はそれに少しも不服を感じているようには見えませんでした。事実、彼女の短い一生にとってこの時ほど、幸福な時はなかったのではないかと思われます。

恐ろしい運命が彼女を待ち伏せしているとは、神ならぬ彼女は知るわけもありませんでした。二人の仲を知っている僕は、人に気がつかれないように、時々人々の動く、あい間から見交《かわ》す瞬間の表情に、彼女の美しい顔がさらに生き生きするのを感じ、彼女がいかに幸福であるかが、察知できました。

今でもこの展覧会で、彼女が売れた作品にいそいそと赤紙をはっている時の姿が目に浮かんできます。

哀れなる彼女よ。

人間の運命の皮肉さを僕は憎悪を感じないでは思い出せないのです。

この展覧会で、彼女を見て悪魔が笑っていたのを、僕たちが知ったのは、半年あとでした。悪魔はこの展覧会で憐《あわ》れな犠牲者を見いだしたのでした。

それは実にちょっとした元因でした。

僕はその場に居合わしたわけではなかったのです。

ですが、居合わしたような気がするほどその時の場面が目に浮かぶのです。

最終の日でした。一人の貴婦人とも思われる人が、孔雀《くじゃく》のようなと言いたい娘をつれて場内にあらわれたのです。男はよき鴨《かも》が来たことを彼の並みはずれた六感で感づいたのです。

場内は最終日で、ことにその日の朝、一流の新聞に知名の批評家が、彼の個展を最上級に賞め、日本にも世界的と言える有望な天才がついにあらわれたというようなことをかいたので、場内はごったがえしていました。彼の勝利の日とも言ってもいいのでした。

そこに二人の女があらわれたのです。そして彼に画を買いたいと言ったのです。しかしその女の人が買いたい画は売れていたのです。それで何かかけたら、画を持って来ていただきたいと言って、名刺をおいて帰ったのです。

展覧会が終わって、祝賀会があったらしいのです。その時、彼女もその会場に列したわけです。彼はその席上で、彼女に囁《ささや》きました。

「金もできた。まもなく結婚式をあげようね」

たしかに興奮した彼は、興奮している彼女を見て、そう囁かないわけにはゆかなかったのです。彼は嘘ついたのではなかったでしょう。

しかしこの囁きは彼女には天使の囁きと聞こえたでしょう。それが悪魔の囁きだったことに気がついたのは半年あとでした。

彼女はこの時死んでもいいと思ったにちがいありません。その時死ねたら彼女ほど幸福なものはこの世になかったでしょう。

三

それから一週間後に男は、自分のかいた画を持って彼《か》の貴婦人らしい人の処を訪ねたのです。僕はもちろんその時のことを全然知らないのです。しかし僕にはその時のことが如実のように頭に浮かんでくるのです。男はその女の家の立派なのに驚きました。今まで彼が知らない世界を知ったのです。

そして彼はたいへんに歓迎されたのでした。

彼の画は二人に喜ばれました。

そこで彼は娘と二人だけになったのです。娘は以前許嫁《いいなずけ》があったのですが、それが三月前に死んだのでした。娘はその時悲しんだのは事実ですが、いつまでも悲しんでいられる性質ではなかったのです。今、娘は男と二人で話しているうちに、この人こそ自分が求めている人だと思ったのでした。

男も、話しているうちに、憐れな女のことは忘れてしまったのです。一時間も話しているうちに、二人はいっしょにパリにゆく話がきまってしまったのです。新婚旅行にパリにゆく、そこで彼は画家としての最後の仕上げをする。

金はいくらでも娘の父が出してくれる。娘自身の金でもそのくらいは十分にあるのです。男が有頂天《うちょうてん》になったのは、当然と言うべきです。

ことに男の性質はもうご承知のとおりです。

そこで男に残っていることは彼女の始末だけです。　男は彼女にいちばん大事なことは秘密にしてこう語ったのでした。

「僕に大きなパトロンができた。その人が僕に金を出してやるからパリへ行ったらいいだろうと言ってくれた。僕は今君をおいてパリにゆくのは気になるが、パトロンはぜひ行けと言うのだ。パトロンはやかましい男で、君のことを知ったら、僕にたいする厚意はなくなってしまうだろう。だから君との間のことは今しばらく秘密にしておくよりしかたがない、その代わり、一、二年パリで自分の仕事に最後の仕上げをしたら帰って来て、君と結婚するから、それまでなんとか、うまくやっていてほしい、金の方はどうでもする」

僕はもちろん、男がどう言ったか、本当のことは知らない、しかしそういうようなことをうまく言って、人のいい女をすっかりまるめてしまったことは事実だ。

僕は女に逢った時、彼女はうれしそうに彼に金持のパトロンができたことを語り、パリに勉強にゆくことを話した。

そして「あの方がパリでみっしり勉強したら、どんなにすばらしい画家になるでしょう」と憧れ（あこが）の目をして語った。

「何年ぐらい、いっているのですか」

と聞いたら、

「一年ぐらいだそうです。一年でも本気になって勉強すれば、他の人の三年分は勉強ができる。それに世界最高の美術を見てくることは大事なことだから、一年でもゆけば、得るところは大きいと思うと言っていらっしゃいました」

男がどのくらい、如才ない男か、女がまたどのくらい男を信用していたのか、僕にはちょっと見当がつかなかったが、彼が女の人といっしょに西洋へ行くことは誰も知らなかった。いっしょにゆく女の方の人々は知っていたろう。しかし憐れな女にしゃべりそうな人々は、それについてはなんにも知らなかった。

僕なぞはわりに察しのいい人間で、どこにも首を出して、いろいろの噂《うわさ》をきく方の人間だが、その僕でさえ彼は一人でゆくのだと思っていた。そしていつ彼が西洋にゆくのか、ついに知らなかった。

彼はどこまでも一人で、こっそり立ってゆくことに興味を持っているように見えた。彼としては、このことはちょっと不思議なことだったが、僕たちはべつにそのことを不思議には思わなかった。

いつもの彼なら、大いに洋行することを吹聴《ふいちょう》し、最大な送別会でもしてもらって、得意になって出かけるわけだが、彼はそうはしなかった。彼は帰る時の効果を強めるために、ゆく時はわざとこっそり出かけて、あとで皆を驚かすのだというようなふうをしていた。

ともかく芝居のうまい男であった。

いよいよ横浜を立つ時も、白雲先生や僕はいつ立つのかしらなかったので、送らなかった。知っていれば少なくも僕は出かけて、そこで、彼女に逢ったであろう。逢えば彼女の心を知る僕はなんとか方法をとったろう。

彼女も、男に送ってきてはいけないと言われて、送らないことにしていたのだ。しかしさすがに男は自分の立つ日や船をかくすわけにはいかなかった。だがパトロンがやかましい人だから、女の人が来て別れを惜しまれたり、泣かれたりして、二人の間のことを知られては困るから、来ないでくれとうまく言われて、女はゆかないことを約束させられたのだった。だが女は、誰にも気がつかれずに、他の人を送るような顔して、彼のはなばなしい門出をそれとなく送ろうと決心したのだ。一年逢えないのだ。男にも気がつかれないように、一人でそっと送ろうと思ったのだ。

このことがどんなに恐ろしいこととか、彼女は夢にも知らなかったのである。

彼の門出をいちばん喜んで送るのは自分だ。誰も気がつかないが、彼だけは自分の誠意を知ってくれるだろう。謙遜《けんそん》な気持を持って、しかし心の内に誇りを持って、彼女一人で横浜のハトバに行ったのだった。

彼女は男から思ったより多くの金をもらい、子供の生まれる時の注意もいろいろ受けていた。彼女はその金が手切れ金だとはもとより知らなかった。彼女は少しでも多くの金を持ってゆくことを男にすすめ、自分の方のことは母も承知しているから心配しなくってもいいと言った。しかし男は個展で画が売れたし、パトロンは十分に金をくれたから、安心してもらってもらう方が嬉《うれ》しいのだと言った。彼女は当時の金で一万円をもらって喜んだのだった。男の愛が金高でもわかると思って、二重に女は喜んだのだった。男は五、六年もパリに行っていたら、そのうちになんとかなるだろうと思って、口ではできるだけ彼女を喜ばしていたのだ。

だから彼女が横浜のハトバに行く時、少しも不安は感じていなかったのだ。自分こそ彼を送る第一の資格のある人間だと思っていたのだ。

横浜のハトバで彼女は大勢の人が集まって、公然と別れを惜しんでいるのを見ると、さすがに、淋しい気がするのだった。

自分も彼の処に飛んで行って、彼がどんな船にのってゆくのか、彼の船室はどんな具《ぐ》合《あい》か、そういう様子を見ることができたらどんなに嬉しいだろうと思った。

だが彼女はそれができないことを悲しみはしなかった。だが彼の姿がなかなか見えないので、あっちこっち歩きながら、彼の姿を求めた。

船の出発のドラがなるのが聞こえた。

すると彼が姿をあらわした。彼女は狂喜して彼に合い図をしたが、彼は気がつかないらしかった。彼女は彼に見とれていた。すると彼のわきに一人の美しい孔雀のような女があらわれた。彼女はその女が彼といっしょにパリへ行く女とは思わなかった。だが羨ましくは思った。二人は偶然同船したお客にすぎないと彼女は思っていたのだ。

二人が仲よく話すのを見ても、彼女はべつに二人の間に深い関係があるとは思わなかった。だが彼女もだんだん二人の関係がわかりだしてくるのは、どうしようもなかった。二人は大きな花たばを一人の少女から渡されて、いかにも夫婦のように、仲よく少女に会釈した。テープは船の上から、また船の下からなげられた。それを二人は仲よくわけあった。彼女はもうなんにも見えなくなり、狂気のように泣き出した。近所の人は皆驚いたが、恋人との別れを悲しんで泣いたのだとは思っても、その相手が彼だとは誰も気がつかなかった。彼女を知っている人は誰も来ていなかった。来ていても親しく声をかける仲ではなかった。ただ顔を知っているにすぎなかった。二人の仲を知っている人は、彼の深慮で、ここには来ていないのだった。

おそろしく用心のいい男よ。

憐れな女は正気にもどった時分には、船の姿はもう小さくなっていて、見送りの人々もたいがい帰ったあとだった。

その後の女の足どりは誰も知らない。知った時はすでにその女が、船を見送ったハトバに死骸《しがい》となって浮かび出した時だった。

彼女は生きていられなかった。一行の書き置きもなく、誰にも一こともしゃべらず、彼女は沈黙のままに死んで行ったのである。

このことを知った時、僕たちも彼女のために涙を流したが、その中でもいちばん涙をながしたのは、白雲先生であった。

「かわいそうな奴だ」白雲先生はそう言ってすすり泣いた。

せめて葬式だけでも立派にしてやりたい、先生はそう言った。

四

葬式の時白雲先生はその女の両親の姿を見て泣いた。彼は自分の処に弟子入りした結果彼女が死ぬことになったことに責任を感じた。それ以上、白雲子は女の性質のよさを思い、その死ぬ時の気持や、姿を想像するとかわいそうでしかたがなかった。男に対してはもちろん怒って絶交することにきめたらしいが、今となっては男にとってそんなことはなんでもないであろう。先生はその女の死んだ理由をはっきりはさせなかったから、男の不名誉にはならなかった。男は女の死を聞いてどう思ったか、泣いたか、安心したか、誰も知らないが、僕らの説では安心したろうということになり、僕たちは男を憎むと同時に女に同情した。

その葬式の式場で白雲が彼女について語った時の言葉と姿は今だに忘れることができない。

白雲先生はこう語ったのだった。

「人間は一生にはいろいろのことに出あうことはさけられないことだと自分は覚悟しているものです。どんなことが起こっても、人間は堪え忍んでいきぬかなければならないものと覚悟していました。しかし美しい可愛い、誰からも愛されていい人が、身を投げて死ぬという事実について僕たちはなんと言っていいか知りません。ご両親の心中をお察ししては僕にはなんとも申し上げられません。私の所に来られた時、私は実に善良な優しい方だと思いました。また実に美しい方と思いました。清浄な心の美しい方で、この世に生きてゆかれるには、少し優しすぎると思いました。それだけ私は幸福になられることを望みまた、信じていたのです。ところが、こんな結果になってしまったのです。私はご両親になんとおわびしていいかわかりません。私にとっても実に残念でした。もっと生きてくださったら、私にご相談くださったらと思うにつけて、私は取り返しのつかない気がします。お死にになった時のお気持が私には痛切にわかり、その時のお姿さえ目にうかんで、実にたまらないのです」

白雲の声は泣き声になった。

「なんとかしてあげたかった」

そう一こと言って、白雲はついに大声を出して泣き出した。場じゅうですすり泣きの声が聞こえました。僕ももちろん泣きました。

白雲先生があまりに泣き、その上「なんとおわびしていいかわかりません」と言ったのが、誇張されて伝わって、その女が先生と関係があって死んだのだという噂がどこからともなく立ち、君の耳にまではいったのでしょう。

白雲先生は、女のことについてはいろいろの噂のある人だが、この事実については、白雲先生にもし責任があるとすれば、監督ふゆきとどきだった点である。だがああいう男にあっては、先生もどうすることもできなかったのであろう。

男は六年たってすっかり大家になって帰って来たのは事実だ。男の寝ざめに、彼女の姿が浮かんで、男の心を動揺させるかどうかは誰も知らない。

しかし白雲先生の寝ざめをさまたげないのは事実と思う。

白雲子は僕に言ったことがある。

「噂には時々閉口することがあるが、噂にのぼってもしかたがないことで噂にのぼらないこともあるから、帳消ししたらどういうことになるか、どっちにしても、他人をあまり不幸にしなかったと思うことで、僕はそう寝ざめの悪いこともなく、画をかけるのを幸福に思っているよ」

幸福な女

一

これも山谷五兵衛の話。

先日僕が電車にのっていたら、一人の品のいい中年の婦人が乗ってきた。見たような顔だと思った瞬間、その婦人が奥野操子であることを知った。向こうでも同時に気がついて、挨拶《あいさつ》した。

奥野操子とは僕は三、四年逢《あ》ったことがない。奥野操子が白雲子の処にあることがあって来なくなってから、今日初めて逢ったわけだ。

「いろいろお話ししたいことがあるので、よかったら遊びにいらっしゃいませんか」と言った。僕のことだからさっそく承知した。そして奥野の処を聞いて、昨日たずねたわけだ。それで君の処に話をしに来たわけだ。

この前、同じ白雲子のお弟子《でし》が、男に捨てられて自殺した話をしたが、今度は男にすてられて幸福になった話だ。

人は何が不幸になるかわからないと同時に、何が幸福になるか、わからない話だ。

実際、幸運はどこに待っているか、わからない。それをうまくつかむのは、誰にもできるというものでもないが、奥野は利口《りこう》な女だったから、それをうまくつかんだとも言える。

二

今から三、四年ほど前の話だ。終戦後のどさくさ時代と言ってもいいかもしれない。世間は今ほども落ちついていない時分だ。奥野はあまり目立たない女だったが、快活な面白いところのある女だった。どこかちゃめなところがあった。

画家になるのだと自分では言っていたが、あんまり熱心に画《え》をかく方ではなかった。しかしよく白雲子の処に自分のかいた画を見てもらいに来ていた。白雲子は一とおりの批評はしていたが、たいして乗り気にはなれないらしかった。奥野も生活に困っているわけでもないから、べつに自分のものがほめられないでも、気にはしていなかった。彼女の目的は他にあった。それは奥野とよくいっしょにくる男の画家がいた、それが白雲子崇拝で、白雲子にも有望な弟子の一人と見られていた。奥野はよくこの男といっしょに写生したり、研究所に通ったりしていた。だから僕たちはこの二人はいずれ夫婦になるのだろう、許婚《いいなずけ》の仲なのだろうと思っていた。

実際、二人の話しているのを見ると、奥野はいかにも嬉《うれ》しそうにしていた。そして白雲子がその男の画をほめる時、奥野は自分の画がほめられるより嬉しそうにしていた。

どう見ても奥野はその男を愛しているように見えた。しかし僕たちはその男をそれほどの人間とも思わなかった。画はたしかにうまかったが、人間の面白味はあまりなく、人はよさそうだったがあまり特色があるとも思えなかった。

しかし奥野から見ると、その男は、理想的人物にでも見えているらしかった。奥野は誰の前でも平気でその男のことを賞《ほ》めた。男たちがからかい半分に、その男の画をほめると、奥野はそれを真に受けて、喜んで相槌《あいづち》を打つのだった。

ところがいつともなしにその男は白雲子の処に来なくなった。奥野だけはそれでも時々来た。

奥野にその男のことを聞くと、考えが変わったので、他の新しい画家の仲間にはいったらしく、もう白雲子の処に来る気がなくなったらしかった。そして奥野は淋《さび》しそうだった。

ある時、奥野は白雲子にこう言った。

「Aさんは、私にも新しい画をかけとおっしゃるんですが、私にはどうもよくわからないので、どうしてもかけないのです。こんな画をかいてもだめだとAさんはおっしゃるのですが、私は他の画はかけないのです。画をやめようかと思うのですが、やめるわけにもゆかないのです」

「自分のかきたいものをかけばいいのですよ。かいているうちに、ますますたのしくなるものをかけばいいのですよ」

「私、このごろかけば、かくほど、心細くなりますの、こんなものをかいても始まらないと思いますの」

「かかないでも始まらないでしょ。人間がものになる、ならないは、紙一重ですから、その紙一重をいつものり越す人が、ものになるのです。その紙一重を破ることができないと心細くなるのです。迷わずに、自分の道をコツコツ歩いてゆくと、その紙一重がつぎつぎと破れてゆくのです。自分にわからないことはしないで、自分のわかる道で、たえず一歩二歩と進んで行けばいいのです」

「Aさんに、さんざん悪口言われたので、自信がなくなってしまいましたの」

「人に悪口言われて自信がなくなるようじゃ困りますね」

「でも、Aさんのおっしゃることは本当だと思いますわ。でも私、くやしくって」

「どうしたのです」

「でも大勢お友だちのいらっしゃる処で、私の画をさんざん悪口おっしゃったのですもの、君は望みがないね、生まれ返ってこなければ、そうおっしゃるので、私、泣きたくなりましたわ。でも私は生まれ返るわけにはゆきませんわ」

「生まれ返る必要はありませんよ。自分にわかる道で、どんどん進んでゆけばいいのですよ」

「それがわからなくなってしまったのです」

その帰り僕は奥野といっしょに帰った。そして僕は奥野の家までついて行って、いろいろ奥野の話を聞いたのです。

聞けば聞くほど、奥野が気の毒になったのです。

A、その男を、Aと名づけておくことにします。Aはすっかり新しい画家の仲間にはいったのです。初めは二、三人、そういう派の人と交際していたのですが、だんだん深入りして、とうとうその仲間のうちでも徹底したわけのわからない画をかくようになったのです。奥野は初めはAについていたのですが、とうとうAについてゆけなくなったのです。ことに奥野にとっての痛手は、その新しい若い画家の団体に女の人がいたことです。ことにそのうちの一人は才もあり腕もありで、Aはすっかりその女を崇拝してしまったのです。奥野がAを崇拝する以上に、Aはその若い女画家を崇拝しているらしいのです。

奥野が参るのは当然なことと思われます。その女が遊びに来ているところでAが奥野の画を糞《くそ》ミソにこき降ろしたのですから、奥野がどんなにくやしく思ったか、察知できると思います。

奥野はそれでもまだAのことが思い切れないらしく、僕に、

「今に目がさめてくれると思うのです。Aさんはけっして悪い方ではないのです。私を愛してくださるので、かえってあんなにひどいことがおっしゃれたのだと思いますわ」

と言いました。

しかし僕は、もうAは奥野の処に帰ってくるとは思われませんでした。

「あなたは負けずにしっかりやらないといけません」

と僕は力づけてみたが、

「私はもうだめ、画をかくのがいやになってしまいました」

と言った。

「Aさんにおだてられて始めたので、もともと画に自信があったわけではなかったのです」

そして奥野の話を聞いて僕はこういう結論を得たのです。

奥野は画家としては、自分はAから落第の宣告を受けたけれども、女としてはまだ落第していない。あんな男みたような女には負けない。私はその点で勝てればそれでいいのだ。私はどうしてもAを失うわけにはゆかない。

しかしAはついに奥野のところに帰らなかった。

Aはそれからまもなく彼の崇拝している女と同棲したのだった。

僕たちはその事実を知った時、奥野がどんなに弱っているだろうと思った。

死にはしないかという考えは僕たちの頭には、おのずと浮かんで来た。それで僕は慰めるつもりで出かけた。

逢うまでは僕は何と言って慰めようかと考えたが、いい考えは浮かばなかった。逢って泣かれては困ると思った。しかしどんなに悲しんでいるか、それを見たい気もあった。奥野の家に近づくと、だんだん足が重くなり来なければよかったという気もした。

三

しかしせっかく来たのだ。少しでも慰めてあげたいという気もした。それで思いきって訪《たず》ねてみた。ところが逢って驚いた。奥野は少しも弱ってはいないのだ。

「よく来てくださった。どうぞお上がりください」と言った。

僕が上がると、奥野は自分の室に通した。この前の時は、かきかけの画が置いてあったり、静物の材料をおいたりして、室はかたづいてはいたが、乱雑なところがあった。ところが今度は、画の道具はすっかりなくなっていて、室のなかが実に整頓《せいとん》していた。そして室には花が生けてあり、いかにも娘の室だと思われる、優しさがあった。そして奥野を改めて見ると、和服を着ていた。

今までの奥野から受けた感じとはまるでちがった美しさを僕は発見した。今までの奥野はつけ焼き刃で、今日の奥野こそ、本当の奥野の正体だと思われた。今まで奥野をこんなに美しいと思ったことはなかった。僕はあまりに予期とちがっているので、思わず言った。

「あなたが弱っていると思って、今日はなぐさめに来たのです」

「そうでしたか、それはどうもお気の毒様、一週間ほど前にいらっしゃれば、まだ弱っているところをお目にかけられたのでしたが」

そう言って奥野は快活に笑った。

「何かいい話でもあったのですか」

「べつに、ただ心機一転して、ついていた狐《きつね》をおとしましたの」

「あなたは狐つきだったのですか」

「まあ、そうだったの、今から思うとね。だが大狐があらわれたので、私の小狐はおどろいて逃げ出したの、すると前の平凡な女になってしまいましたの」

「平凡じゃないですよ」

「父も母も喜んでくれました。私のお友だちもよかったと言ってくれるのですよ。私は涙で自分を洗ってしまったら、雨後のお月様のような気がして、不意にさっぱりしてしまったのです。自分でも心の変化がどうして起こったのかわかりませんの」

「何かいいことがあったのでしょう」

「いいえ」

「かくしてもだめです」

「何にもかくしはしませんわ」

「何かあったとしか思えませんね」

「何にもないのよ。でもなんだか嬉しくなってきましたの」

「それなら今に何かいいことがありますよ」

「それなら嬉しいけど、何にもなくなっても心嬉しくなってしまったの、室をかたづけて、着物を着かえて、お茶をならいに行ったり、花をいけたりしているうちに、今まで忘れていたものが、不意に目がさめてきましたの、そして私はやはり平凡な女だったのだわと私は自分に言って聞かせて、自分で笑いましたの、ただそれだけなのです」

「きっと今にいいことがありますよ」

「そんな気もしないこともないのですが、そんな気がしたら、もうだめだと思いますわ。私はもう何にもいりませんわ、自分でありさえすればいいの、落ちついた気持になって、背のびして歩かなければそれでいいの、たいへん気らくになりましたわ」

「本当に安心しましたよ。先生もよろこぶでしょう」

「先生にどうぞよろしくおっしゃってください、画をかくのはやめましたから、どうかお安心くださいって」

「もう画はかかないのですか」

「自分の画がどんなに下手《へた》かということがね、不意にわかりました。先生はずいぶんご迷惑なさったと思います」

「いっぺんこの風で、先生を驚かしてあげなさい」

「もう上がる気になれませんから、どうぞよろしく」

「そんなことを言わずに、来たらいいじゃありませんか」

「もういっさい、過去のことは縁を切りたいと思っているのです。思い出しても自分に愛想がつきますから、よくも思いあがっていたものと思います」

「そんなことはないでしょう」

「いえ、今になると、よくわかるのです。私はAさんをおだてるだけおだてたのです。そしてAさんはまた私をおだてるだけおだてたのです。そして二人はいい気になりすぎたのです。この世に自分たちほど、仕合わせなものはないと思っていたのです。そして私は羽がないくせに、空をとべると思ったのです。そして私はうまい時に下界に落ちたのです。そして私は目がさめたのです」

「Aさんはまだ目がさめないわけですか」

「Aさんは、飛ぶ力があったのです。少なくも私よりずっとあったのです。それで私はおだてられて飛びすぎたのです。このことが今になると、Aさんにとって仕合わせであることを私はのぞんでいるのです。今に落ちなければいいがと思っているのです。おそらくAさんはとんでくれるでしょう。私は今になって、Aさんの不幸になることを望まずにすめるようになりました。私は私で幸福な気持になれ、かえってよかったと思っているのです。無理をしたのです。目がさめてみたら、私は平凡な女にすぎなかったのです。そして私はそれを幸福に思っているのです。無理な生活の苦しさを私は十分知ったのです。柄にあわない生活がどんなみじめなものか、私はよく知ったのです。私はAさんの肩車にのって有頂天になっていた自分のことを考えると、顔に火がついたような気がして、本当に穴にはいりたい気がします。でも目がさめて、本当に気らくな気分になりましたわ。どうぞご心配なく。他人をたよりすぎる生活がどのくらい、不安なものか私はよく知りましたの、私は地面に立って、自分の好きなように、自由にふるまうことが、本当に楽しいことだということがわかりましたの」

僕は奥野を見直して、本当によかったと思った。そして今までの奥野がどんなに不自然な女だったかいまさらに思い当たった。

今までの奥野はAの精神的奴隷《どれい》のようなところがあったことに気がついた。今の奥野は、Aとは比較にならない、上等の人間に僕には思われた。少なくも、常識に富んだ立派《りっぱ》な女に思えた。苦労はむだでなかったと思った。そして僕はいい気持になって、奥野の処を辞した。それから、今度逢うまで奥野の消息は聞かなかったのだ。

四

僕は奥野の家を訪ねた。その家にはもちろん奥野という表札はかかっていなかった。岩村という名に変わっていることは、家を聞いた時から知っていたわけだ。

しかし僕は奥野という方が呼びなれているので、奥野でしゃべらしてもらう。奥野は僕がゆくと喜んだ。そして立派な応接間に僕を通した。奥野の夫は有名な新進の学者であった。その方のことをよく知らない僕も名だけは知っていた。今の日本にとって大事な人の一人だと僕はその道の人から聞いたことがある。一見して奥野は仕合わせな夫人であることがわかる。

落ちついた夫人というものは、いいものである。すっかり夫に染まりきって、安定感のあるものだ。奥野もすっかり落ちつききって堂々とした夫人になっていた。満ち足りた感じを受けた。

「仕合わせそうですね」と言うと、

「おかげさんで、あなたが最後にいらっしゃった時、何か仕合わせなことがあるとおっしゃったこと、今でも覚えていらっしゃいますか」

「ええ覚えています」

「あなたのおっしゃったことが、私にはへんに頭に残って、私も今にきっと仕合わせなことがあるような気になってしまいましたの。その時、あなたがいらしって十日たたないうちに、私に思いがけない縁談が申し込まれたのです。私はすぐ承知してしまいましたの、承知しないわけはないでしょ。その方は私がAさんからいつも聞かされていた、すばらしい頭のいい方、立派な方だったのですもの、Aさんと同窓で、すばらしくできた方で、他人のことをほめたことのないAさんが、馬鹿にほめていらっしったのです。そしてAさんの処で一度お目にかかって、私もいっぺんで崇拝する気になって、さすがの

Aさんも、その方の前に出ると、小さくなっていたのですもの、私は本当に夢かと思いましたわ、あとで夫が言いますのに、私を一目ごらんになって、Aは仕合わせな奴《やつ》だとお思いになったのだそうです。そしてAさんが、私をすてて、変な女といっしょになったことを知った時、馬鹿な奴もいるものだとお思いになったそうです。そして私が気の毒になり、私の様子を見にいらっしたそうですが、おはいりになる勇気がなかったそうですが、その時、私が偶然、庭に花を切りに出たのを、ごらんになって、その瞬間、どうしても私と結婚したいとお考えになったのだそうです。そしてお父さまにその話をしたら、お父さまはよく調べた上で返事をするとおっしゃったそうです。そしてお調べになったら、一時はへんな男とよく出歩いていたが、このごろはごく真面目《まじめ》に、くらしていて、近所でも評判が悪くない、また私の写真もいつのまにかとられたのを、ごらんになって、これならいいとおっしゃったのだそうです」

「本当にようございましたね」

「おかげさまで」

「あなたの心がけがよかったからですよ」

「よかったわけでもありませんが、人間の運命て本当にわからないものですね。私なんか運がよかったからようございました。運のわるい方は本当にお気の毒です。それにしてもよく、男にすてられて自殺する人があるが、そんな人の気が知れませんわ。すてるような男には捨てられた方が運がいいのではないかと思います。世間にはいくらだっていい男の方はいらっしゃるのですからね。私なんかも一時は本当に参ったのですよ。自殺の一歩手前まで行ったことがあるのですよ。でも私が死んだって二人は笑うだけだと思ったら、馬鹿げてきましたわ。それに私死ぬのがまだ怖《こわ》かったのも事実で、そのうちに気分がすっかり変わりましたの、それでもAさんと仲よくしていたので、今の夫にも逢えたのですから、まんざら、Aさんのおかげをこうむっていないわけでもありませんので、今になれば万事よかったと思っています。Aさんは女にすてられて今はあまり仕合わせにはしていらっしゃらないようで、お気の毒な気さえします。私はこんなに仕合わせにしておりますのに、本当にAさんにすてられたことはよかったと思っています。運命の神のいたずらは人間にはわからないものですわね」

「それにしても、つまりあなたが偉かったのですよ。自棄《やけ》にならなかったのが偉かったのですよ。たいがいの人はああいう時、やけを起こしますからね」

「やけを起こす気力もなかったのですよ。その気力があれば、今でも独身で、下手な画をかいていたかもしれませんがね。私は才能がないことをAさんにはっきり言われて、目がさめたのです。ずいぶんくやしくって、泣いて泣いて、一時は偉い画家になって見返してやろうと思ったこともありましたが、白雲先生も一度もおほめくださったことはないし、誰に見せたって、Aさん一人きり感心してくれる人はなかったのですからね。そのAさんに糞ミソに言われればもうおしまいですからね。どんな馬鹿だって目がさめますわ」

「まして、あなたのような利口な方はね」

「まあ、お口のお上手なこと、私はもうその手にはのりませんわ。私の夫はおまえは馬鹿だが、珍しくお人よしだね。人にだまされてはいけないよと申しておりますわ。私はついおだてにのる質《たち》らしいのですよ」

「どうですか。でもあなたのご主人は偉い方なのだそうですね」

「まあね、勉強の虫のような人ですが、やはり頭のいい方はちがいますわね。私の誠意が黙っていてもすぐわかってくれるので、私を信用しきってくれてるのです。万事家のことは私に任せて安心しきってくれてるので、私も本当に安心して生活していられますの、少しも私をおだててはくれませんけど、私は落ちついて自分のしたいことをしていればいいのです。それで本当に喜んでくれて、おれは仕合わせ者だなぞと言ってくれると、私、つい涙が出てきてしまうのですよ。口ではなんにもお世辞《せじ》はいいませんが、心に思っていることは、はっきりこっちにわかるので、私本当に安心してここにもう根をはっておりますの」

実際、奥野は自分ほど、仕合わせ者はないと思っていることが、僕には感じられ、またこんな細君を持つ夫は仕合わせだと思わないわけにはゆかなかった。

この時廊下をことこと音させて、こっちへくるものがあった。そして応接間の入り口の戸がちょっとあいていたのを開《あ》けて首を出すものがあった。

それは満一歳をちょっと越したと思われるそれは可愛《かわい》い丸々と太った男の子だった。

はいはいしてお母さんをさがしに来たのだ。実に可愛い顔をしているうちに、賢そうな生き生きした表情をしていた。

「坊や一人で来たの」

と言って奥野はその子を抱き上げて自分の膝《ひざ》の上にのせて、話をつづけた。子供はけげんそうな顔をして僕の方を見たが、泣かなかった。

「この子が可愛くってしかたがないのですよ。お父さんもこの子が可愛くってね。それにしてもAさんの処では、あんまり早く子供ができたと言って、子供ができては足手まといになって画がかけないと言って、おろしてしまったそうで、私はその話を聞いてぞっとしましたわ。その一事でも私はAさんにすてられて本当にありがたいと思っていますわ。こんな可愛い子をおろす気にはなれませんものね。この子ができて、私は本当に喜びましたわ。お産は苦しかったにはちがいありませんが、でも生まれるのはたのしみでしたわ、夫も本当に喜んでくれましたものね。この子を見て私は、本当にここに来るのが私の運命だったと思いましたわ。この子を生むために私は生きていたのだとさえ思いますわ、夫も、これはおれより偉くなりそうだよ。おれにできないことをこいつはするだろう、なぞと親馬鹿を発揮して今からたのしみにしているのですよ。夫の両親も、私の方の両親もこの子には感心しておりますのよ。私は本当に鼻が高いのですの。ことに祖母《ばあ》さんは夢中でね。私は本当に助かりますの、まあ私一人おしゃべりして、先生はこのごろどうしていらっしゃいますか。この子の顔でも先生にかいていただけたらと思っているのですが、先生のお画はこのごろお高いのでしょう」

「しかし先生がかきたいと、ご自身がお思いになれば、ただでおかきになるでしょう」

「そんなことはお願いできませんが、ちょっと先生に見ていただいて、自慢がしてみたいとこのごろ時々考えておりましたのよ。そしたらあなたに電車でお逢いできて、本当にうれしく思いましたわ」

「一度、先生の処に遊びにいらっしゃい。先生きっとお喜びになりますよ」

「ええ、そのうちに、ぜひ、この子をつれてお訪ねしてみますわ。どうぞあなたからよろしく」

「承知しました」

「私は本当に仕合わせにしているとおっしゃってくださいまし」

「承知しました。一時は先生も心配していました」

「本当にあの時分のことを考えると恥ずかしくなりますわ」

いつまでいてもきりがないので、自分は未練があったが、腰をあげた。

自分は往来を歩きながらも、なんとなく微笑《ほほえ》みたくなった。今どきでもこんな幸福な人もいるのかと思うと、ほのぼのした感じがするのであった。

一滴の涙

一

これも山谷五兵衛の話。

白雲先生から真理先生の肖像をかきたいと思うが承知してくれるだろうかという相談を受けた、僕はともかく話してみようと言った。

そして真理先生にその話をしたら、「自分はかいてもらいたいとは思わない、自分の顔なんかなまじっか後世に残す気はないが、しかし白雲先生が、本気にかく気になっているなら、かいてもらってもいい、断わるほどの問題でもないから。白雲先生の処には前から一度ゆきたいと思っていたのだ」と言った。実際あまりのり気もなさそうだったが、承知したのは事実だから、僕はすぐ白雲先生にその話をした。そしてそれからまもなく、僕は真理先生を白雲先生の処に案内した。

真理先生が娘のように可愛《かわい》がっている愛子さんはすでに白雲先生の息子《むすこ》の処にとついで、すっかり落ちついているから、愛子さんに案内してもらってもいいわけだが、僕の方が適任者と思われたのだと思う。愛子さんも僕の方を望んでいたらしい。

　真理先生は招待されない処に自分から出かけることはめったにしない人で、ことに白雲子（今後先生はぬかす）のような忙しい人の処には、行くのを遠慮されていた。しかし今度初めて白雲子の処を訪ねるわけでもないが、今度で三度めぐらいだろうと真理先生は言っていた。

　白雲子の真理先生に対する態度には僕は驚いた。実に丁寧《ていねい》で、尊敬の念をあらわして、いつもの白雲子と別人の感があった。真理先生の方はそれがあたりまえという顔をして、平気でふるまっていた。

　まず応接間に案内された。夫人も見えた。お茶を持って来たのは愛子だった。すっかり若奥さんの落ちつきを見せていた。息子さんも挨拶《あいさつ》に見えた。

　一とおりの挨拶がすむと、ご都合《つごう》がよければ、すぐ仕事を始めましょうかと白雲子は言った。真理先生は、すぐ承知した。僕は画室にもついて行った。

　画室もいつもより整頓《せいとん》していた。真理先生が腰かける椅子《いす》も置いてあった。上等な椅子でなかった。真理先生の縁側に置いてあるのに似たものだった。

「上等な椅子だとかえって、先生らしくないので、この椅子にしました」

「その方が結構です」と真理先生は、微笑して言った。お互いお世辞《せじ》を言う必要はなかった。

「ただ気楽に、いつも家でお一人の時に椅子に腰かけて、何か考えていらっしゃる時と同じ気持で、いていただきたいのです」

「承知しました」

「ここにいらっしゃることを忘れていただければいちばん嬉《うれ》しいのです」

「あんまり忘れると、歩き出しますよ」

と真理先生は言った。

「歩き出されては困ります」

「まあ大丈夫でしょう。形がくずれたら注意してください」

「承知しました。それではいちばんお気らくな形で、そして何か考えていてください」

「承知しました」

真理先生は、気らくに椅子に腰かけ、何か考えているようだった。何を考えているのかと僕は、それが知りたくなったが、聞くのは遠慮した。白雲子は、さっそく、木炭をとって、写生した。楽々と手は動くように見えた。

室内は一種の沈黙に支配された、木炭の音だけが、軽快に聞こえた。熟練しきった腕の冴《さ》えは、バイオリンの名人の腕の動きを思わせるものがあった。やはり名人芸だと思った。

見つめる目は鋭かった。見つめられる真理先生はそれに反して悠然《ゆうぜん》たるものだった。何を考えているのか知らないが、顔の表情はいつもの真理先生よりも、もっと真面目に見えた。何か真面目な問題を真剣に考えているようだった。考えるのは真理先生のいちばん得意な芸であろう。沈黙は真理先生のいちばんの真相を発揮していると言える。

かくものは、名人芸、かかれるものは、真人、僕はその雰囲気《ふんいき》を破らないように、見ていた。何分か過ぎた。

「休みましょう」

沈黙は破られて、僕はほっとした。

「今、何を考えていらっしゃるのですか」

「考えるだけでは本当のことはわからないとも思いますが、このごろは自然というものについて、とりとめのないことを考えているのです」

「話していただけますか」

「まだ話すのは早いようですが、君たちになら話してもいいでしょう」

真理先生はそう言って話し出した。

「自然、ことにこの地上における生物を支配している自然、生命と言ってもいいのですが、この生命を支配している自然の法則、それはなんだということです。つまり自然の内に何かの意志が働いてそして地上に生命が生まれたのか、ただ偶然、こんなものが生まれたのか、考えてもしかたがないようなことを、このごろ考えているのです。つまりこの世ではあまりに多くの犠牲者が出ています。人間世界だけを考えているわけではないのですが、しかし人間世界においても、実にたくさんの犠牲者が出ています。今後どのくらい多くの犠牲者が出るかわかりません。見ようによれば今の時代人の全部がなんらかの意味での犠牲者だとも言えると思います。自然は犠牲のために犠牲者を求めているとは思わないのです。またわれわれの内心もそれを望んでいないことは事実なのです。しかしいくらそれを望まないとしても、本当に人間としてこの世に生きられる人は実に少ないのではないかと思います。自然は生物の犠牲を恐れるほどの意気地《いくじ》なしではないのですが、しかしそんな犠牲を出すために生物を生み出したとは僕には思われないのです。ただ偶然に生物がこの地上に生まれたとも僕には考えられないのです。ここで人間は不可知なものにぶつかるのです。そしてそこで飛躍してしまうと、既成宗教が生まれるわけです。しかし僕は、そこを簡単に飛躍する前に、もっと真実について考えてみたいと思っているのです。だがやはりこの先になると、つい空想に落ち入りやすいのです。

それではもう時間でしょう」

「お話はもっとうかがいたいのですが」

「またその先を考えさしてもらって、また休みの時、次を話せたら話しましょう」

画の仕事はまた始められた。

「画をかいても何になるだろうと時々考えるのですよ」

「それは画の仕事に夢中になれない時の話ではありませんか。花に向かって、花を咲かせたって何になるのだと聞くようなものですよ。目高《めだか》に向かって、なぜ生きているのだと聞くようなものですよ。もっと大きく言えば、星になぜ光っているのかと聞くようなものですよ。わからない、しかしかきたくってしかたがない、それでいいのですよ。僕が考えるのもそれです。役に立つ立たないは問題ではない、考えたいから考えるのです。他に目的がない時、その仕事に純粋になれるのは、自然の意志にかなっていることだと僕は思いますね」

「画をかく冥加《みょうが》で、僕は美しいものを、どこまでも見ることができ、先生の顔も、その内には先生の生命があると思いますが、それがかけるわけで、僕は実際、先生の顔をかくことができることを喜んでいるのですよ」

「僕は自分の顔を後世に残したいとは思っていないのですが、残したくないともべつに思っていないのです。生まれてもいい、生まれなくともいい、なんでもいい、それが結局の話かとこのごろ思っているのです」

「ちょっとお口をかきますから」

白雲子は自分の方からしゃべらしておきながら、口をかくからと言うのは虫がいい話と思ったが、それもいいのだろう。

「ええ、もうおしゃべりになっても結構です。実際、今の世は犠牲が多いようですね」

「でも、死んだ人は、もうそれでいいのだと思いますね、死んだ人のことを生きている人が思い出す、ことに愛している人が思い出してあげる、これはいいことだと思いますよ。でもそれに執著《しゅうちゃく》しすぎて生きる勇気がなくなっては困ると思うのです。生きている人間は、ますますよく生きる、ますます自分の仕事を完成する、結局それが大事だと思いますね。画をかくのでもそうだと思いますね。ますます生き生きできる画をかく、ますます生きるそれが大事と思いますね」

「本当に生きた時は、死んでもいい時じゃないのですかね」

「そう言い切るのは、少し飛躍しすぎると思いますが、この世でその人が働くようにきめられている分量だけ、働けば、その人は死んでもいい気になるのだと思いますが、これも言いすぎかもしれませんね。人生のことは全部わからないところに妙味があるとも言えますね。でも人間はわかるだけは、わかりたい動物ですから、いろいろ考えてみるわけですね」

「画をかくことだって、生活に必要なことではないのに、こんなに夢中に喜んでかけるというところに、僕は人生の妙味があると思いますよ。ただ食って、働いて、死ぬだけでは、生き甲斐《がい》はないと思いますね。楽しみとか、喜びとかが人生には多量与えられていることは事実ですね」

「それに溺《おぼ》れては困りますがね。ますます生き生きする方法で、また他人も生き生きさせる方法で、できるだけ人生をたのしむのはいいことと思いますが、他人を不幸にする権利は認められませんね」

　二人は今度はしゃべりすぎたようだ。休みが来て二人はかえって黙った。白雲子は呼び鈴をならした。愛子さんが、お茶とお菓子を持って来た。

「愛子さんもよかったら、ここにいて菓子をたべたらどうです」

「これから私たちはちょっと出かけたいと思っているのです」

「それなら行っていらっしゃい」

「お帰りになったら、お母さんの処に明日午後二人でちょっとおよりするとおっしゃってください」

「承知した」

愛子は出ていった。

「おかげで実に仲よくしていますよ。妻も大喜びです」

「すっかり細君らしくなったので、母もよろこんでいます」

「今が人生のいちばん楽しい時でしょう」

「どうですかね。僕は老年にはいって、やっと人生をしみじみ味わえるようになったような気がしますよ。若い時は、好んで落ちつかなかったようですよ。自分や他人を苦しめすぎた気がしますよ。どうでもいいことを、ムキになって、非難したり、されたり、そして腹を立てなくっていいことに腹を立て、心配してもしかたがないことを、心配したり、要するに、力の過剰を持てあまして、あっちへぶつかり、こっちにぶつかりしていたのですね」

「僕たちの若い時はたしかにそういう時があったようですね。今の若い人はもう少し利口じゃあ、ないのですか」

「今の若い人のことはわかりませんが、ともかく、年とることはいいことと思いますよ。まあ、考えれば、いつもいいのだとも言えますが、今は今で実にいいと思いますよ。このごろやっと、無心の状態にはいれる時が多くなったように思いますよ。世間にはいろいろの事が起こりますが、僕はそれはそれで心配することもありますが、心配しても、昔のように敏感すぎないので、ついいい気持になってしまうのです。そこに僕は何か自然の意志があると思っているのですよ」

話好きの老人は、話し出すときりがないのだ。

また仕事が始まり、素描はほとんどできあがった。

「それでは今日はこれで画の方は終わることにしましょう。どうもありがとうございました」

と白雲子は言った。

二

僕はそれから三、四日両方にご無沙汰《ぶさた》した。そして、五日めぐらいに、白雲子の仕事はどのくらいはかどったか見に行った。

白雲子はよく来たと言って、迎えてくれた。

「今日は一日休むことにした。真理先生の方も、僕の方も一日ぐらい、休まないと、疲れるから、一日休んで、今度さらに、元気になって、仕事を完成したいと思っているのだ。見れば見るほど、いい顔だと思うね。他の人が見たらつまらない顔だと思うかもしれないが、いわゆる立派な顔じゃないからね。だが実に元気な人だね」

「画拝見できますか」

「君なら見せてもいいよ」

それで画室に案内された。

画は九分どおりできあがっていた、顔はほとんどできあがっていた、どこかに真理先生がいるようだ。

色はごくあたりまえと言いたかったが、実に素直《すなお》な画だった。

「まあ、僕のものとしては、いい方だろう。自分では気に入っているのだ」

「本当によくできました、本物を見るようです。今にも話しかけそうです」

「よくしゃべる人だね。だが黙らしておけばいつまでも黙っている人だね。この画は気に入ったらしく嬉しく思っている。実際いい人だね」

「慾《よく》がないのですね」

「善意だけの人だ。だが正直になんでも言える人だね。あすこまで正直になんでも思ったことが言えるのは、仕合わせな人と思われる」

「相手によりますよ。先生にだから、何でも、しゃべれたのですよ。相手によってはほとんど話をなさいませんよ」

「そうかね。だがあの人といっしょにいると、なんとなく生きているのが、楽しくなるね。自然と同化しているとでもいうのか、思い邪《よこしま》なしとでも言うのか、少しもこだわりがないのだ。僕はつまらぬことにこだわることの、馬鹿馬鹿しさを知らされたよ。悪口を言われて気がくさくさしていた時、あの人の顔を見たとたんに、いい気持になったよ。誰が何と言ったって、自分の仕事をこつこつするよりしかたがないのだ。一生こつこつ仕事をするものが、本当に貴《とうと》いのだとあの人に言われると、本当にそうだと思うね。やはり信念のある人、それもちょっとやそっとでない信念のある人というものは同じことを言っても、こっちの胸につたわる感じはまるで、ちがうものだね。あの人は他人の思わくには実に無頓着《むとんちゃく》で、ただ自分の本心に忠実になればいいのだと思っている。あのくらい、世間のことを気にしない人も珍しいね」

「でも真理先生は、いつか僕に話していましたよ。自分は若い時、世間を気にしすぎたので、その結果、世間がどう思うかということは気にする必要がないことを本当に知ったのだと、それから世間よりは、自分の本心の方を信心すべきだと思ったそうですよ。あの人は今日までに相当苦労してきたらしいのですよ」

「でもその苦労があの人の心に少しも暗い影は残していないね」

「その点僕も感心しているのですよ。あの人は今死んでも、自分を幸福だったと言える人だと思うのですが、どうですかね」

「それはあの人だって肉体を持っているから、迫害のしようによったら、相当参らせることもできると思うが、しかしそんな物好きもいないから、あの人は一生を幸福に終わり、死ぬ時も皆に感謝できる人と思うね。あの人が人生を信じているかぎり、僕も人生を信じることができると思うよ」

白雲子はそう言って、

「僕はこの肖像に人生を信じる人と心の内では題をつけようと思っているのだよ。人間の最後の光栄を信じている人、事実はどうであるか僕は知らないが、人生は悪いなぞではなく、この地上にいつか神の国、それも窮屈でない神の国が建設される。それを信じている人も一人はあっていいと思うよ。僕もあの人を見ていると、そういう信仰をつい持ってしまうのだよ。明日この肖像をかき上げたら、僕は一人でひそかに祝杯を上げたいと思っていたのだよ。あの人を招待する気はしないのでね。どうだ君をその仲間に入れてあげようか。もし君がこの肖像の完成を喜んでくれるなら、君と二人でこの肖像の前で祝杯を上げよう」

もちろん、僕は拒絶するわけはなかった。

三

その日帰りに真理先生の処によった。

先生は、

「今度は閉口《へいこう》したよ。僕の一生にとってこの四日ほど、困ったことはないね。僕はじっとしていられない質《たち》なのだ。それが小学校の生徒が怖《こわ》い先生の前で、謹《つつし》んで小言を言われているのを聞いている時のように、動かずにいるのだから、初めの一日は君がいたからまだよかったが、一日二日とたつにしたがって閉口したよ。せっかく一生懸命にかいていてくれるのだと思うので、じっとしていないと悪いと思うのでじっとしていたが、自分の好きなことを考えていても、見られていることに気がつくとやはり、まったく無心になるというわけにもゆかないのでね。だが一方いい修行になったよ。そして白雲先生が一生懸命なのがこっちに伝わってくるので、こっちもつい緊張して、やはり少し疲れたよ。だが明日一日でできあがるというので、明日解放されたら、家に帰って、大いにのうのうして、大の字になって、二時間ばかりねてやろうと思って、今からたのしみにしているのだよ」

「画はよくいっていますね」

「そうかね。僕の顔はあんな顔かね、自分ではあまり注意して見ないので、僕にはよくわからないね。だがあの熱心さには感心したよ。僕の顔のどこが面白くって、かくのかと思って少し気の毒な気がしているのだよ。かいてがっかりはしないかと思ってね」

「そんなことはありませんよ、今度の仕事がよくいったのでたいへんよろこんでいました。それにあなたの顔に感心しきっていました」

「画家ってもの好きなものだね。自然がおしげなく土呂《どろ》にしてしまうものを、何か理窟《りくつ》つけて、かいて残すのだからね。だがそうは言っても、一方かいてもらったことを喜んでいないわけではないのだが、モデル商売が楽なものじゃないのには驚いたよ」

四

翌日僕は画をかくところを見たいとも思ったが、第三者がいることは気分をいくぶんかでもこわす恐れがあると思ってゆかなかった。そして約束の時間に出かけた。白雲子は待っていてくれた。そして僕を画の前につれて行った。

「どうだ。いっしょに祝ってくれるかね」

「もちろん、お祝いします」

「祝ってくれるか。真理先生は、この画を見て何と言ったか、わかるかね」

「わかりませんね」

「これが私の顔ですかね。僕はいつも右と左とをまちがえて見ているので、初めて自分の顔に逢ったんで、こんな顔だったのかと、驚きましたよ。写真では時々お目にかかっていましたがね。それだけ言って、さっさと帰っていったよ。張り合いのない先生だよ。だが怒ってはいなかった。モデルにはよほど閉口したらしい」

白雲子は嬉しそうに笑った。

「だけど、僕はこの肖像がかけたことを喜んでいるのだ。この肖像をかくことで、僕は二つのことを教わった。人間は個人としては死ぬものだが、人類の一部としては死なないものだ。そしてその人類は、僕たちの理想を地上に実現しないではやまないものだ。

自然はこの地上を完全なものにするために、人間に助力をさせようとしていること、つまりこの地上を最美のものにしたがっていること。真理先生はそうはっきりは言わなかったが、僕はそう思った。ともかく人類の未来を信仰して、その実現を心からのぞんでいるものの、真心を僕は、この男の顔の内に認めたのだ」

二人はその肖像を適当な位置にかけ、そしてその前に席をとった。呼び鈴を押すと、夫人と愛子さんが、料理をはこんで来た。そして二人はすぐ引きあげた。

僕は自分の前に、何十年も美に一生の仕事を捧《ささ》げた男が希望に燃えた顔しているのを見た。自分はふと涙ぐみたくなった。

「僕の一生は、そう悪いものとは思わない。僕はこの肖像の前で懺悔《ざんげ》したい気がするよ。僕の一生にはあやまちがなかったとは言えない。それにもかかわらず、皆、僕を愛していてくれる、実にありがたいことだ。そして今日この人類の未来を信ずるものの肖像をかいた。今死んでも思い残すことはないというのが僕の真情だが、同時に明日からなお新しく生きなおそうと思っているのも本当だ。わが尊敬する人々を代表する人として、真理先生の肖像をともかく書き上げることができたことを感謝したい。未来の人間のために、未来日本に生まれる天才者たちのために、この祝杯を謹んで、へり下った心で捧《ささ》げる」

白雲子の目から一滴の涙がおちた。僕の目からも一滴の涙がおちた。敬虔《けいけん》な念で二人は祝杯をあげるのであった。

兄弟

山谷五兵衛は話好きな男である。自分は彼の話を十ばかり集めて本にしたいと思っている。これはその一つである。山谷については本を出す時にでもかけたらかきたいと思っている。彼はありもしないことを、いかにも本当にあったように話す男である。小説と思ってもらえば、それでもいいのだと思う。

一

いくら君でも白雲という画家のことは知っているだろう。しかしその弟に泰山という書家がいることは知らないだろう。

　白雲は有名な画家であるが、泰山は無名な書家である。この兄弟の仲のいいことは有名なものである。兄の画はいくらでもかけば高価で売れる。弟の書は誰《だれ》も買い手はない。しかし兄はそれをよく知っている。弟の生活のために、ふた月に一つ、三月に一つ画をかいてやる。それで弟は安楽に暮らしてゆけるのだ。兄も贅沢《ぜいたく》な生活とは縁のない人間だが、弟の方はなおさら贅沢は知らない人間だ。こつこつ生活をしている。その代わり、兄の方はなかなかの勉強家だが、弟の方は怠け者だ。一日ぶらぶらしたり、漢文の本を読んだりしている。何にもしていない日が多い。時々字をかいているが、自分が書家だとはべつに思っていないらしい。べつに何にもできないので、時々書でもかいてみるというように傍《はた》からは見える。

しかし兄貴の白雲に言わすと、

「おれの弟はおれより偉い人間だ、他日弟の真価は人々は認めないわけにはゆかないだろう」

と言っている。

弟にそのことを言うと、

「兄は相変わらず宣伝がうまいね」

と言って笑っている。

「兄の方が偉いのか」

とつっ込んで聞くと、

「兄もまだだめだが、弟はなおだめだ」

と言う。

「勉強したらいいじゃないか」

と言うと、

「そう簡単には勉強はできない、どうも僕は平凡で困るよ」

と言う。

「平凡でいいじゃないか」

「平凡にもふた種類ある。僕は悪い方の平凡なのだ」

「平凡でない人は日本にいるか」

「書を見ての話だが、いないね、今はいなすぎるね」

と言う。

「昔はいたのか」

と聞くと、

「いたね」

と言う。

「どんな人だ」

と聞くと、

「たくさんいたよ」

「日本にもいたか」

と聞くと、

「いたね」

「誰だ」

「たくさんいるよ」

「名をあげてみてくれ」

と言うと、

「空海、道風、大燈、その他、いくらもいるよ」

「君は望みがあるのか」

「ないとは言わないが、あぶないものだ」

「怠けものだからね」

と言ってやったら、

「君にはわからん」

と言われてしまった。

二

それで僕はまた兄貴の白雲子の処に出かけて、

「君の弟は怠け者だ、もっと勉強するように言ったらいいだろう」

と言ってやったら、

「あれ以上勉強したら、病気になる心配がある。あのくらいでちょうどいいのだ」

と言った。

「ちっとも勉強していないじゃないか」

と言ったら、

「字を見ろ」

と言われた。そう言われると、数年前の字より、今年かいた字の方が、密度があるように思われた。

「弟は心の修業をしているのだ。精神力を養っているのだ」

「平凡で困ると言っていたよ」

「今に平凡じゃなくなるだろう。まだあいつは六十三だ、もう少し老年になったら、ものになると、僕はたのしみにしているのだ。あいつは今にものになる。大器晩成型の人間だ、今どきには珍しい人間だよ」

「たしかに珍しい」

僕はそう言わないわけにはゆかなかった。

三

そこでおせっかいの僕はまた弟の方へ出かけた。

「君の兄さんは君が心の修業をしている。君は大器晩成の人間だと言っていたよ」

と言ったら、

「君は馬鹿だね、兄は僕を買いかぶっているのだ。それをいちいち僕に報告する奴《やつ》があるか、黙って聞いておくものだよ。僕は心の修業をしたいとは思っているが、要するに、平凡な取柄《とりえ》のない人間だ。どうも、本当の怠け者で終わりそうで弱っているよ」

「何か僕にも字をかいてくれないか」

「今日はだめだ、明日の朝早く来たらかいてあげる。その代わり墨をすってくれないと困る」

「墨くらい、するよ」

「字が下手《へた》にできても、僕は知らないよ」

「かまわないよ」

「それならかいてやる」

翌日、僕が行くと、

「少し遅《おそ》かったね」

と言った。しかし断わられるかと思ったら、断わらなかった。

「断わる方が本当かと思うが、勿体《もったい》つけるほどの字でもないから、かくことにしよう」

それで僕は墨をすらされた。大きな字をかいてもらおうと思ったので、墨をするのはなかなか厄介《やっかい》でよけいなことを頼んだと思った。よほどいい字をかいてもらわないと損だと思った。

ずいぶん墨をするということは厄介なことだと思った。ずいぶん手がくたびれた。一つの労働だ。

そのうちに彼は書をかく用意をした。

そしていよいよ半切に、大きな筆で大字を二字かいた。

「飛躍」

とかいた。それをかく時の彼の顔は怖《おそ》ろしかった。実に真剣な顔をしていた。かき出すと早かった。変に調子をつけてかいた。かき上げて、彼は、

「だめだ」とどなった。

なかなかいい字だと思ったので、

「いいじゃないか」

と言った。

「だめだが、しかたがない、昨日からもっといい字がかけるつもりで用意していたのだが、やはり飛躍はできなかった。僕はまだ、爬虫類《はちゆうるい》で、鳥にはなれない」

「爬虫類ではだめなのか」

「爬虫類だって、恐ろしい奴《やつ》がいる。鳥よりもっとすごい奴もいるだろう。先日新聞に恐竜がうろついていた話が出ていたが、あれは本当か嘘《うそ》か知らないが、恐竜のような字がかけたら、たいしたものだ。しかし飛躍という字をかく以上は飛ぶ感じと、躍《おど》る感じが出なければならない。それがちっとも出ていないのだから情けない。しかし僕の今の実力じゃ今のところこんなものだろう。まあこれで今日のところはかんべんしてもらおう」

僕は印を押してもらって、あまり礼も言わずに貰《もら》ってきた。

そしてそれを白雲子に見せた。

白雲子は黙って見ていた。

弟の言ったことを言った。

「今どきこんな字がかける男がいるのは奇蹟《きせき》だよ。足利時代《あしかがじだい》まではさかのぼれたと言っていいだろう。しかし弟はまだ満足できないのは当然だとも言える。これで満足したら、おれの弟じゃないから」

「いやに大きく出るね」と僕が言ったら、

「そんなことを言うと、この字をとり上げるぞ」

と白雲子が言ったから、
僕も負けずに、

「君の画となら交換するよ」

と冗談言ったら、

「本当か」と言うから、

「君の画と交換できたら、海老《えび》で鯛《たい》を釣《つ》ったことになる」

と言ってやったら、

「弟はとんでもない奴に字をかいたものだね」

と笑って、どこかへ出かけたと思ったら、本当に、半切にかいた何万円にも売れる画を持って来て、

「これをやるから、その字をおいてゆけよ」

と言った。

こう言われると、いくら心臓の僕も、おいそれと交換するとは言えないし、またそう言われてみると、泰山の字が急によく見えてきて、白雲の画と見比べてみて、どっちが価値が高いか、簡単にはきめられないように思った。

もちろん、商品価値としては比較にならない。白雲の画なら、少なくとも五万円になら売れる、すぐ売れる。泰山の字は五百円にも売れないであろう。百円にもどうか。

僕は黙って見比べていたら、白雲は黙って弟の字をとり上げて他の室へしまいに行った。

そして手ぶらで出て来た。

「君がたのんでかいてもらえばいいじゃないか」

と僕が言ったら、

「だめだよ。僕がたのめば弟の奴はかたくなる。君がただで、たのんだので弟はこだわらずにかけたのだ。ただであんな字をかいたところに無限の値うちがあり、僕にとっていいいましめになるのだ。僕の画は商品になりすぎている。高く売れるということを、僕は画をかく時、すっかり忘れることにしているのだが、なかなか忘れられないのだ。その点で、弟の字は、僕にはいい教訓になるのだ」

白雲はそう言った。

白雲もなかなかいいところがあると思ったよ。

四

僕のことだから泰山の処に出かけて、君の兄さんの画と君の字とこういうわけでとりかえたと話した。叱《しか》られるかと思ったら、泰山は、

「そうかそれはよかった、ずいぶん得したね」

と言って喜んでくれた。そして改めてこう言った。

「兄貴の偉いところは、いつも反省しているところだ、そしていつも教わるものを求めている点だ。兄貴くらいの位置になればたいがいの人間は得意になって、自分ほど偉いものはないと思いたがるものだが、兄貴はいつも反省して自分の悪いところをなおそうとしている。そして僕のような者からも教訓を取ろうとしている。兄貴に僕がかなわないのはその点だよ、どこまで進むかわからない男だ」

「実に君の兄さんは君を尊敬しているね」

「兄はすぐ買いかぶるのだよ。自分にできないことをする者があるとすぐ誇張して考えるのだ。僕が足利時代までさかのぼれたなどと言うのは、いかにも兄貴らしい見方だよ。僕は足利時代にさかのぼりたいとも思っていないが、さかのぼれたとは、なおさら思っていない。兄貴は僕がどのくらい平凡な人間かということを知らないのだ。そして精神

修業を真剣にしているのだ。それは字をかく時は真剣な気持になるが、日常がまだなっていないのだ。それで満足している男なのだ。兄貴の期待を裏切って平気で、ずうずうしく兄貴の世話になっている。僕は不肖の弟なのだ。兄貴はそれを知らないわけはないのだが、わざと僕を信じきっている顔をして、僕を教訓しているのだ。君はそれに利用されているのだよ。兄貴は一筋縄《ひとすじなわ》の男じゃないから」

「でも君の兄さん、本当に感心して見ていたよ」

「書かれていないものを、勝手に想像して見ていたのだろう。兄貴のそれが、センチメンタルな慈悲心にすぎないのだよ。しかし僕も、日本にあまり人がいなすぎるのに腹を立てているのは事実だ。少しはいい字をかいてやりたいと思っている。墨でもすってくれたらまた字をかいてやるよ」

「本当か」

「明日の朝、来て墨をすってくれたら、かいてやるよ」

「それならすりにくるよ」

「この前は少し遅かったね」

「今度はそれなら朝飯前にくるよ」

「そんなに早くなくともいい。八時半までに来て墨をすってくれればいい。九時ごろに書きたいから」

「承知したよ」

僕はもちろん喜んだ。

翌朝八時二十分に泰山の処に行った。泰山の仕事場には硯《すずり》の用意がしてあり、字をかくばかりになっていたが、泰山はいなかった。奥さんが珍しく出て来て、

「ちょっと散歩に行きました、九時には帰って来ると言っていました」

僕が墨をすり出すと、奥さんが、

「私がすりましょう」と言ってくださったが、

「僕がすることに約束してあるのですから、お忙しいでしょうから、どうぞおかまいなく」

「それでは失礼いたします」

奥さんは馬鹿正直に、室から出て行った。

僕は二度めで、いくらか墨をする呼吸をのみ込んだ。

時計が九時になったことを知らせた。それから五分ほどたって、泰山は帰って来た。

僕が何か話しかけようとすると、結んだ口を指さした。黙っていろという合い図だと思ったので僕は黙った。

泰山も一ことも言わない、設けの席について、いきなり、しかし今度は落ちつきはらって、

「沈黙」という二字の大字をかいた。

それが気に入らないのか、署名せずにもう一度、

「沈黙」という字をかいた。

そしてそれに署名して、僕にくれた。

僕は正直にいうと前の字の方が気に入った、それで前の字は、どうしてかき損《そこな》いなのかと聞いたら、

「書き損いというわけではない。自分の処に置いておきたかったので、署名はしなかったのだよ」と言った。

「どっちがいいと思うのだ」と言ったら、

「どっちかね」

と言った。僕はそれ以上言うのは遠慮した。

「今日はこれで失敬するよ。ちょっと黙っていたいから」

「それでは失敬する」

「ああ、またそのうち来てくれたまえ、今日は君にしゃべられるのを聞くのはつらいから、失敬するよ」

「どうもありがとう、字さえもらえば用はないよ」

僕もちょっと憎まれ口を聞いた。

「兄貴に見せるなよ」

「見せろというなぞだろう」

「兄貴にとり上げられても、もうかいてやらないよ」

「大丈夫」

僕はそう言った。そして僕はすぐ自分の家に帰ろうと思ったのだが、僕の足は言うことを聞かなかった。

僕は結局白雲の処に出かけた。白雲は玄関に出て来て、

「今日はちょっと忙しいから、失敬だけどまた来てくれないか」

と言った。兄弟そろって、今日はご機嫌《きげん》がよくない。それで僕は黙って泰山の字をそこでひろげて見せた。

「うまくやったな、上がれ」

と言う。僕は上がった。

「字に上がれと言ったので、君に上がれと言ったのじゃない」

と白雲はひどい冗談《じょうだん》を言った。

「この字には僕がくっつきものだからしかたがない、僕も上がりたくないのだが」と、僕も負け惜しみを言った。

五

白雲は泰山の字を見ている。

「いい字だ、だがこの前の字の方が僕は好きだ」

と言った。それで僕は、この字の前にかいてくれなかった沈黙という字はなかなかよかったと言った。


「それは見たいものだな、これからすぐ行こう」

「だめ、だめ」

「どうして」

「今追い出されて来たのだ」

「僕を呼ぶために追い出されたのかもしれない」

「そんなことはありませんよ」

「ともかく行ってみよう。君も来たらいいだろう」

「僕はもうご免です」

「それなら僕の画を返すか」

「そんな理窟《りくつ》はないでしょう」

「だって弟があの字の代わりをかいたのだから」

「そんなことはだめです」

「それならいっしょに来いよ」

「行きます」


とうとう気がきかない役目をおおせつかった。

泰山に怒られるだろうとこわごわ行ったら、なんのことはない。

白雲の顔を見ると、

「よくいらっしゃいました」

と泰山大喜びだ。泰山の奥さんもとび出して来た。

六

僕の存在はこの二人の偉《すぐ》れた兄弟の眼中にはない。二人は「沈黙」の字を見ている。

「これはたいした字だ」

「いくらか、かけた気がしましたが、まだまだだめです」

「だめはわかっているが、ここまでくればしめたものだ」

「おかげでやっとここまで来ました」

「ここまで来るのはたいへんだったろう」

「たいへんと言うほどではありませんが、なにしろ鈍骨すぎる自分ですから」

「そこがよかったのだよ」

「お兄さんのこのごろの画は、ますます評判がよくって僕もよろこんでいます」

「評判はどうでもいいが、いくらかわかってきた」

「なにしろ日本には人がいなくって、はがゆくなりますね」

「本当に情けないよ。世界をがんとやってやりたいと思うが、僕もやはり力のなさすぎる人間の一人だ。泰山でもしっかりやってくれなければ」

「僕もだめです。しかしやる処まではお互いにやりましょう。そのうちには日本にもまたいい時代が来るでしょう。僕たちは一方悠々《ゆうゆう》と、宇宙をのんだ気で、生きてやりましょう」

「ともかくやれるだけやるよりしかたがないよ、わかる奴にはわかるのだ。わからない奴に軽蔑《けいべつ》されるのは、また愉快なことだ」

「本当ですね、しかし自分の実力が足りないのは残念ですよ、もう一息なのですが」

「ともかくここまで来れたことは祝っていいよ、何か褒美《ほうび》でもやりたいね」

「この字をお兄さんに上げますよ。その代わりお兄さんのかいた色紙を一つください」

「もっと大作をやるよ」

「いいえ色紙が結構なのです。いつかの椿《つばき》には感心しました」

「それならあの椿が咲いた時、一心こめてかいてやるよ」

「お願いします。けっして急ぎません」

僕はうまく利用されたのだ。しかし僕は不愉快ではなかった。

六十三と六十五の、すぐれた書家と画家の兄弟の愛情のこもった話を目《ま》のあたり見聞きできたことを僕は喜んだのだった。

今にやるぞ

一

山谷五兵衛がぶらりとやって来た。

「何か面白い話はないか」と言うと、例によって「あるね」と言って、話しだした。

このごろ僕は書家の泰山がますます好きになった。それでよく出かける。泰山は、いつもゆったりしていて、来客はほとんどないのだ。今の東京にもこんな処があるかと思うほど静かだ。僕は泰山の処にゆくと黙って泰山愛蔵の硯《すずり》を持ち出してきて、それに水を入れて墨をすることにしている。泰山が黙って見ていればしめたものだ。必ず何かかく、そしてその内の一枚を僕にくれるわけだ。しかしいつもそううまくゆかない時がある。

「今日はだめだよ」

そういう時は、僕は少してれるが、おとなしく硯を元に戻して、自分の座に帰って、平気な顔をして、よもやま話をする。

話をするのはもちろん僕で、泰山は黙っている。時々馬鹿笑いをしたり、ちょっと言葉を挿《はさ》んだりする。

そしてご機嫌《きげん》がよくなると、また何かかくように水を向けてみるが、

「今日はだめだよ、昨日よくねむれなかったから」

僕は初め正直に本当にねむれなかったのだととっていたが、このごろになって、僕はやっと感づいた。つまり奥さんと仲よしをした翌日は字をかかないらしいのだ。彼は珍しく夫婦仲のいい男で奥さんは実際できのいい人だ、僕なんか行っても一度もいやな顔をしたことはない。もう泰山もいい齢《とし》をしているから、書のかけない日はあまりないが、一週間に一ぺん、十日に一ぺんぐらい、きまってはいないが、あるらしいのだ。もっともこれは僕らしい想像だが、当たらずといえども遠からずと思っている。

僕なんか見てはべつに書にちがいがあるとは思わないが、精神力の強い時でないと本当の字はかけない。昔の坊さんの字のよさはその生活の清浄さから来ていると、いつか言ったことがある。

僕なんかにかいてくれる時は、たいして日を選ばないが、特別に書を頼まれる時は、明日書こうという時はよほど具合《ぐあい》のいい時で、たいがいは四、五日先にしてくれと言っている。その四、五日は精神力を養うためらしいのだ。四、五日清浄な生活を続けて、精神力を蓄積してそれを一気に紙の上にぶちまけようと思っているのだと思う。

彼の書はうまいのか下手《へた》なのか、僕にはわからないがともかく一生懸命に字をかいて

いるのは事実だ。その力がまだ素直《すなお》に出きらないと彼はいつもはがゆがっている。力まずに全力をおのずと紙の上にあらわれるといいのだが、といつか言っていたが、ある人が言っていたように彼の書を見ていると少なくも、

「今の日本にも相当な人間がいる」

ということがわかる。

実際今の日本だって、おっちょこちょいばかりがいるわけではない。僕だって四、五人は尊敬すべき人を知っている。僕の知らない処にももっといるだろう。

泰山は、ともかく落ちついた男だよ。

二

昨日も僕は泰山の処に出かけた。泰山は五度訪《たず》ねれば、四度は必ずいる。五度ともいる方が多い。それほど家に落ちついている。そして昔の人の書の拓本や複製を見ている。本物もいくつか持っている。彼の床には慈雲のものや、大雅堂のものがかかっていたりする。良寛も好きだ、無名の昔の人のかいたものをかけている時もある。兄の画家白雲子とはちがって、金があるわけではないから、高価なものはあまり持っていない。

しかしいちばん好きなものは拓本らしい。その方のことは僕にはわからないが、くり返し見ている。

昨日僕がゆくと泰山は珍しく家にいなかった。帰ろうとすると奥さんが、もうすぐ帰って来ますから、よかったら上がってお待ちくださいと言うので、僕のことだから遠慮なく上がった。なかなか帰って来ない。

奥さんがお茶を持って来てくださった時、

「今日は先生に字をかいていただけるでしょうか」

と聞いたら、

「今日はかくでしょう。山谷が墨をすりに来ればいいのだがなー、と言っていました」

「どちらにいらっしたのです」

「散歩です。出たあとにすぐあなたがいらしったのです」

「しめた！」僕は心の中でそう思った。

僕は、今日はひとつ半切に大きな字をかいてもらおうと思った。それで硯を持ち出して、水を入れて磨《す》り出した。そこに泰山先生が帰って来た。

「なんだ、人に断わらずに墨を磨るとはずうずうしいね」

「奥さんのお許しを得たのです」

「磨っていいと言ったのかい」

「言葉ではおっしゃらなかったのですが、先生が、山谷が墨をすりに来るといいとおっしゃったことをお聞きしたのです」

「それはその時の話さ」

「今はだめですか」

「今でもいいよ」

「おどかさないでください」

「君の心臓なら大丈夫だよ」

「これでも心臓はあまり強くないので」

「それ以上強かったらどういうことになるのだ」

「そしたら私も字をかきますよ」

「驚いた奴《やつ》だな」

「驚きもしないでしょう。先生の書を見ていると、先生の心臓も相当なものですよ」

「世界一の心臓を持ちたいと思っているのだよ。君のを半分ぐらい、もらいたいね」

「それでは私が世界一の心臓ということになりますね」

「心臓にもいろいろあるよ」

「そんな話は初めて聞きました。どんな心臓があるのです」

「まあ君のはずうずうしい心臓だ」

「先生のは」

「おれのは小心翼々という心臓だ」

「驚きましたね。あなたの兄さんの心臓はどうですか」

「あれこそ相当なものだが」

二人は笑った。しかしこの言葉にはっきりした意味があるわけではない。しかし以心伝心に何か感じるものがあったのは事実だ。

実際、白雲子ほど、自分の好きな生活をしている男は少ない。

僕は話しながら墨をするのをやめなかった。

三

「先生の兄さんは、この世でいちばん仕合わせな方と思いますね」

「どうして」

「自分の好きなことは何でもできる方ですから」

「そうもゆくまい」

「白雲先生の処へゆくと、羨望《せんぼう》しないわけにはゆきませんよ。そして自分がみじめに感じられるのです。なにしろ美しい若い方に先生先生とかしずかれていらっしゃるのでね」

「それで兄は弱っているのだよ。兄はもっと真面目《まじめ》な仕事のできる男なのだ。しかし僕とちがって女にもてる質《たち》なので、もう一歩というところで、どうどうめぐりしている。実際見ていてはがゆいよ。時々はなかなかいい仕事をするのだが、やはりだめだね」

「それでもお兄さんの人気はたいしたものですよ」

「女、子供にはね」

「女、子供はちょっとひどすぎますね。お兄さんの画を買うのはまさか女、子供じゃないでしょう」

「精神的に言って女、子供さ」

「先生は女を軽蔑《けいべつ》していらっしゃるのですか」

「女にだって男まさりはいるよ。だがたいがいの女は、やはり画はわからないね、特別な人は別だがね」

「先生は女嫌《ぎら》いだと言う人がありますが」

「そんなことはないよ。ただ僕自身好かれないだけの話さ。だがそのおかげでこのごろやっとものになりかけてきた。このおれが兄貴のように女にもてたら、兄貴以上に醜態を演じるにちがいない。その点で僕は兄貴に感心しているのだ。兄貴はともかく女で堕落はしない。あいつは馬鹿じゃない。だがあれでおれのように女にもてなかったらもっと偉い仕事をしているのだと思うと残念でないこともない」

「でもお仕合わせですよ」

「仕合わせかね」

「羨《うらや》ましいとはお思いになりませんか」

「思うよ時々、ちょっとあやかりたくも思うね。あとひきさえなければね、しかし僕はあとひきだから困る。僕が画家にならずに書家になったのも、女に自信がなかったからだ。僕の父は女のためにしくじったのだからね」

「どうおしくじりになったのです」

「父は兄貴以上の美男でね。兄貴以上に才能があったのだ。ところが三人の女に好かれて、その結果、一人の女は自殺したのだ。それから父はすっかりぐれてやけ酒をのんで、その結果、隅田川《すみだ》にはまって死んでしまったのだ。嫉妬《しっと》されて殺されたのだとも思えるふしもあるのだが、ともかく気の毒な最後をとげたのだ。僕が五つの時のことだからはっきりしたことは知らないが、そんな話だ。だから僕は母に女を用心しろといつも言われて育ったので、今だに女はこわいのだよ」

「そんなことがあったのですかね。それでよくわかりました」

「何がわかったのだ」

「先生が女に臆病《おくびょう》なことが」

「そこへゆくと兄貴は、多々益々可なりというところがあって、見ていられない時があるが、兄貴は正直者だし、さっぱりしているし、気前はいいし、万事そういう点で僕と正反対なので。さっぱりしているからまあ無事に今日まで来て、ますます仕事に油がのっているというわけだが、忌憚《きたん》なく言えば、それが仕事の上に災いして、執念深いところがないのだ。天は二物を与えずというが、あの才があっておれの根気があれば天下敵なしだが、なかなかそうはゆかない。だから人気はあるが、一流の画家にはなれないのだ。見ていてはがゆい時がある」

「でも美しいモデルの裸をかくなぞとはちょっと羨ましく思いますね」

「だが、思うようにかけなかったり、すらすらかけすぎて、より所がなかったりしちゃ、兄貴は張り合いがないだろう。だがそんな他人の話はよそう。おれはおれの仕事さえ、忠実に果たせばいいのだ」

「墨がすれましたよ」

「他人の墨だと思って、思いきりすったな」

「どうも少しへりすぎて、私もちょっと気にしていたのです」

「書家が墨のへるのを恐れてはしかたがない。何かかいてやるか」

「どうもありがとう」

「気の早い奴だな」

「それだってかいてやるかとおっしゃったので」

「そのやるというのは君にやるという意味じゃないのだ」

「たちの悪い言葉ですね」

「まあ第一に書くのは、誰にやるとも考えないでかくのだ。天地を忘れ、自分を忘れ、他人を忘れ、時間と空間を忘れてかくことが大事なのだ。くれなぞと言う人間がわきにいるといい字はかけない」

「それならどこかへ行っていましょうか」

「なに、君なんかいたっていなくったって同じことだ」

「なんでも勝手なことをおっしゃい」

「怒ったか」

「怒る値うちのある相手とも思いません」

「大きく出たな」

「ここにいると誇《こ》大妄想病《だいもうそうびょう》が伝染するので」

「よしそれなら君に誇大妄想とかいてあげようか」

「そんな文句は困ります」

泰山は口から出まかせを言いながら、紙を持って来て前に置いた。横物をかくつもりらしかった。僕は半切をかいてもらうつもりだったが、様子を見ることにした。

泰山は筆に十分墨をふくませた。そして尺五の横物に、

「無尽蔵」と三字かいた。見事《みごと》のできだった。

「半切におかきになったらどうですか」

「半切がほしいのだな」

「当たらずといえども遠からず」

「よしかいてやろう」

「その手にはのりません」

「今度は本当にあげるよ」

「本当ですか」

「無尽蔵だ、一つぐらいやっても惜しくない」

「大きく出ましたね」

泰山は「徳不孤有隣」とかいた。

「君にも僕にも徳があると言うのではないが、この句は好きな句だからかいた。徳がないと言いきるのもいやだがね」

泰山はともかく、僕は自分に徳があるとはもちろん思わないが、もらって損はないので、喜んでもらった。

「なにしろ大きな言葉だよ。希望を与えてくれる。僕はこのごろ書をかくことの本当の喜びがわかってきたよ。そして、この喜びを西洋人にも教えてあげたいと思っているよ、このくらい、自分の心の動きをそのままにあらわすものはない。昔の人の書を見ると、その人がどんな人かはっきりわかる。東洋にはいいものがあったと思うね。もっとも書なんかかいてもつまらない、何にもならないと思う人が大部分と思うが、僕はこの真剣な気持を信じるね、なにしろ僕にとってはこんないいものがないのは事実だ」

泰山はそう言いながらまた半切にこうかいた。

「君知るや、全心こめて字を書く喜び」

しかし書き上げると筆をおいて言った。

「まだだめだ」

この時、奇蹟が起こったと言いたいできごとが起こった。それは彼の兄白雲子が出現したことだ。僕たちは書に夢中になっていた。

すると襖《ふすま》が開《あ》いた。二人はその方をふり向いた。白雲子がそこに立っていた。

「お兄さん、いついらしったのです」

「今来たのだ、誰も呼びリンを押しても出て来ないので、一人ではいって来たのだ。君を喜ばそうと思って来たのだ」

「僕を喜ばそうと思ってですって、何です」

「そうせかないでも、いずれ見せてあげるよ」

「いい画ができたのですか」

「僕の画じゃない」

「誰かの画ですか」

「おや、字をかいていたのだね」

「恥ずかしいものです」

「いや、見るたびに進んでいるのには感心するよ。だがまだだめだね」

「もちろんだめです」

泰山はみるみるまっ赤な顔になった。身体《からだ》がふるえ出してきた。

「いやだめだと言うのは、最高のものを頭に置いているので、つい言ったのだ。悪く思わないでくれ」

「悪くなぞは思いませんが、だめな処を教えてください」

「おれにはもちろん教えることはできない」

「それでもだめということが、わかるのは、お兄さんが偉いからでしょう」

「僕は偉くないよ。僕は僕のものに比較して、君のものを悪口言ったのじゃない。僕が持って来た字についい比較して口をすべらしたのだ。僕が君をあんまり買いかぶっているので、つい君に最上の書をかかしたく思いすぎてつい口をすべらしたのだ」

「それならお兄さんの持って来た書を見せてください」

「もちろん見せるよ」

「誰のかいたものですか」

「見るまで黙っておこう」

「今の人ですか」

「ちがう」

「日本人ですか」

「ちがう」

「昔の人ですか」

「そうだ」

「本物なのですか」

「そうだ」

「ぜひそれは拝見したいものですね」

「見せよう」

白雲子は古い箱から一幅の書をとり出し、それを床の間にある慈雲の書をはずしてかけた。美事の表装してあるのにまず驚き、つづいて出て来た横幅にかいてある二字に驚いた。そこには、

「沈黙」と二字大書してあった。

泰山はうなった。そしてその幅の前に丁寧《ていねい》に頭をさげた。

「誰の書です」

白雲子は何とか答えたが、僕の知らない坊主の名だった。

「どうだ」

「たいしたものです」

泰山は感動しきって泣き声を出した。

「お買いになったのですか」

「買おうかと思っているのだが、相当高いので、君に見てもらってからにしようと思って持って来たのだ」

「ぜひお買いなさい」

「最高のものと思うがね」

「最高のものです」

「この字があんまりはっきり頭にあったので、君の無尽蔵を見てついあんなことを言ってしまった」

「なんと言われても一言もありません。喜んでまだだめなことを認めますが、生まれ返らないとこんな大きな感じの字はかけないと思うと、まだだめと言うのは少し生意気な言葉と思われます。しかしいいものを拝見しました。少し傲慢《ごうまん》になりかけていたところなので、これを拝見して救われました。上には上があるということを知りました。今の人のものを頭におくと、つい、呑気《のんき》になります。恐ろしいことです」

「たいした者がいたもんだね」

「本当です。時代の力というか、よほど大きな心でゆったり、しかも充実しきった生活をしていたものと思われますね」

「今と根性《こんじょう》がちがっているのだね」

「けちな考えは、微塵《みじん》も持っていなかったのですね」

「巨人族のような気がしますね、いいものを見せてくださって、本当にありがとう。ぜひお買いください」

「奮発して買うか」

「ぜひ買ってください。時々拝見にゆきます」

「それなら買うことにするから、時々見に来たらいいだろう」

白雲子はそう言って、急ぐからと言ってお茶ものまずに、どこかへ出かけたらしい、奥さんにも逢《あ》わずに帰って行った。

泰山は言った。

「たいした奴もいたものだね。僕はこの字を破りたかったが、いくら破いたって、あんな字をかけるわけではない。僕は僕相当で満足するよりしかたがない。満足と言ったって、本当の意味じゃ大不満足だが、自分の顔で諦《あきら》めている意味で、今の自分の字で諦めるよりしかたがない。しかし偉い奴がいてくれるのは実にありがたい、胸がすっとするし、本気になり、真剣になれるからね。いい気にならないですむ」

泰山はそう言った。そしてまた筆をとって乱暴に、しかし心をこめてかいた。

「今にやるぞ」

泰山の個展

一

これも山谷五兵衛の話。

僕は書家の泰山がますます好きになった。あいつは口が悪いが実に人がいい、その上泰山夫人は実に感じのいい人で、あんなによくできた女を知らない。二人の間に子供がないので、なおお互いに愛しあっていると言っていいのかもしれない。泰山は自分の書を自分の子供だと言っているが、泰山夫人にとっては泰山は一面駄々《だだ》ッ児《こ》でもあるようだ。

泰山は私の父であり、夫であり、子であり、私自身です。そう口では言わないが、そんな感じがする。つまり泰山夫人にとって泰山は全《すべ》てである。泰山もまた、実に夫人を愛していて、浮いた話は一つも聞かない、実にできのいい夫婦であり、珍しい夫婦である。泰山夫人はいつまでも美しい。体格もよく、気心も実に優しい。もう五十五、六になっているが、人魚でも食べているのだろうと、人は冗談《じょうだん》を言う。

僕にとって泰山の家庭の雰囲気《ふんいき》は、実に居心地がいい、その居心地のいい世界のまん中にすわって、落ちつき払って、天下をまるのみにしているような気持で、字をかいている仕合わせ者が泰山である。

泰山も一朝一夕で今日の泰山になれたわけではない、もっと神経質な、落ちつきのない泰山を僕は知っている。しかし今日の泰山は落ちつききっている。しかも充実して、心憎いほど、泰然としている。身体《からだ》も太ってきた。腹も出てきた。若い時瘦《や》せていたそうだが、そんな時があったとは、想像ができないほど、今はゆったりした、太腹の男に思われる。

相変わらず口は悪いが、悪意はない、他人の不幸を望まない。他人のことには無頓着《むとんちやく》と言った方が、本当かもしれない。僕の存在なんかもとより眼中にない。しかし軽蔑《けいべつ》しているわけでもない。いつも善意を失わない。少なくも僕は泰山のそばにゆくと落ちつく、およそ現代ばなれのしている人物だが、しかし生き生きしたいつも元気で、張ち切れるような力が内からあふれ出てくることが感じられる。

他人、ことに古人の大人物の字には、絶対の尊敬を払ってはいるが、自分は自分だと思い、今の自分に満足している。もっとも自分の字はまだだめだといつも言っているが、べつにあせっているわけではない。

「あるがままで満足するもの」

といつか書いていたが、彼の現在の境地を語っていると思われる。

その彼が今度ある画廊にすすめられて、書の個展をすることになった。

僕はそれで墨すりの役を引きうけたわけだ。墨するのはあまり面白い役ではないが、役得があることはわかっているので、引きうけたわけで、売れ残りの内でいちばん気に入ったのを、一点もらうわけである。

いいのが売れないといいと思っているわけだ。万々が一、全部売れたら、改めて書いてもらうことに僕はきめているから、全部売れてももちろん、困りはしないのだ。

二

個展については、泰山は何か変わった計画をしているらしく、字をかく時は、僕が見ていては困ると言うのだ。僕は毎朝、一時間あまり墨をすって帰ってくることにしている。もっとも僕のことだから、一時間墨をすりづめというわけでもない。泰山や、泰山夫人と話しながら、休み休みすっているわけである。

僕が墨すりに通ったのは五日間だった。五日間で、泰山は何枚の書をかいたのか、僕は知らない。展覧会を見に行って初めて、どんな字をかいたかわかるわけだ。五日めに逢《あ》った時は、さすがの泰山もつかれていた。

「つかれては、字をかくのにさしつかえないのですか」

と僕は、墨するのに少しあきてきたので、聞いたら、

「多々益々可なりだ。肉体がつかれても、精神は適当に生きてきている。ますますいい字がかける。これ以上疲れては困るがね」

相変わらず、負け惜しみの強いところがある。夫人に聞くと、「いや私にも、今度の計画については何も言いませんが、相変わらず、落ちつきはらって愉快そうに字をかいています」と言っていた。

いよいよ個展の日になった。手伝いに行こうと言ったら、「表具屋に任せてあるから、来ないでもいい。初日に来て見てくれる方がいい、店番に時々来てくれるとなお助かる」という返事だった。

それで初日にたのしみにして見に行った。そして僕は驚いた。

三

つまり会場にならべられた書を見てゆくと、全部が、一つの文章になっていると見ていいのである、

「友遠方より来たるまた楽しからずや」

で始まって、

「人生別離、感無量」で終わっている。そしてその間に、彼の一生観が短句で書かれているのだ。他人の言葉も自分の言葉も、ごっちゃである。

書には大字、小字があるが、どれも力いっぱいの仕事がしてあり、どの字もほしいものだらけで、これならばどれが売れ残っても困らない、どれが売れても、ほしいものが残るわけだと安心した。

文句にはいろいろあったが、彼の楽天的な言葉や、捨て身的なうちに泰然として覚悟の見える句が多かった。この個展を見ると、何か考えさせられるものがある。見に来た人も、それに気がついて、初めっから文句を読みなおしたり、なかには帳面を出して丹念に文句を写してゆく者もあった。

泰山の姿は見えないので、店員に聞くと、人に見られるのが、いやだからよろしくたのむと言って書のならべ方を指図《さしず》し、それが並んでかけられたのを、夫婦で見て、これで結構と言って昨晩帰ったそうで、会場にはおそらく姿は見せないだろうと言った。あまり広くない会場で、人々に見られるのは、家にばかりひっこんでいるのが好きな彼には、面白くないのであろう。

僕は彼がいないので安心して、彼のかいた文句を写した。皆で、二十幅かけられていた。半切が八幅、横物が十二幅だった。

その二十幅の文句はこうだった。

「友遠方より来たるまた楽しからずや」

「自分は是だけの人間、愛せたら愛してくれ」

「何となく嬉し、よき事あるべし」

「何事も思ふやうにはならない、それを思ふやうにする喜び」

「忙中閑あり」

「一心に仕事する喜び」

「死ぬ迄《まで》は仕事するなりこの男」

「我悠然と生きんと思ふ」

「来る時が来る迄、我は泰然」

「人生の深淵、何人も底を極め得る者なし」

「人生の妙味知らずに人生を知ったやうに思ふ者は愚者なり」

「人生妙味無限なり、このこと嬉し」

「生れた以上は、何かするなり」

「死は成仏、人生の最後の卒業」

「美しく生きたき者よ」

「図々しく生きる男あり」

「我は我であることを、喜ぶものなり」

「君は君、我は我なり、それでよき哉」

「落ちつきはらつて、生きてゐる者」

「人生別離、感無量」

そこに泰山の面目躍如。

僕はその帰りに泰山を訪《たず》ねた。

泰山は僕のくるのを待っていた。

四

泰山に個展を見てきたことを話したら、泰山はいつもに似合わず、少し赤面した。泰山にもこんな神経があるのかと思った。しかしすぐ泰山らしいずうずうしさに戻って言った。

「どうだった。少し道楽がききすぎたかね」

「そんなことはありません。面白いと思いましたよ。文句を写している人もいました。皆熱心に見ていました」

「笑っている人もいたろう」

「微笑している人もいました」

「もっと露骨な言葉もかいてみたいと思ったが、書を忘れられても困ると思って、あのくらいにしておいた」

「わかる人にはあれで十分わかります」

「十分わかるかね。君にもわかるかね。僕の真意の深さが」

「そんなむずかしいことはわかりませんが、だいたい感じはわかりますよ」

「まあ、そんなところで、いいとしておくか。ちょっと、他の書の展覧会とは、内容がちがっているだろう」

「このごろは変な書がはやりますね」

「まあ好きなことをお互いにやるよりしかたがないよ。へんな書をかいたって、まさか人殺しにもなるまいからね。僕は安心して、自分のかきたいものをかくだけだ。それで十分たのしい。他の人も喜んでくれるに越したことはないが、まず自分を純粋に喜ばすことが大事だからね。自分が純粋に喜ぶということはつまり、人間の心が純粋に喜ぶということだからね。自分が喜ばずにかいたもので、他人を喜ばそうと思うのは無理だよ。新しい書だって自分が一人よがりでなく、本当に喜んで、ムキになってかけるのなら、それもいいと思うね。しかし僕は自分が本当に喜べないものはかきたくない。僕は他人の奴隷《どれい》じゃないからね」

泰山はだんだん気焔《きえん》をあげてきた。

「なぜ会場にいらっしゃらないのです」

「ゆきたくなったらゆくよ。もっとこだわらずにゆけたらゆく、ちょっと行きたくもなっているのだ」

「もし会場にいらっしゃるのなら、お伴しますよ」

「書を並べた時は、がっかりして、もう来ないでよそうと思ったが、今日になるとちょっと様子を見たい気もしてきた」

「それならこれからゆきましょう」

「婆《ばあ》さんどうする」

「あなたがいらっしゃるのなら、ゆきますよ」

「それなら行ってみるかね」

そこで僕はもう一度、二人について見に行った。行ってよかった。兄の画家の白雲子がちょうど来ていた。

五

泰山は喜んで言った。

「よくいらっしゃいましたね」

「面白いくわだてだね」

「ちょっとてれているのです」

「そこが面白い」

そこに見に来ていた五、六人の人は彼らの方を見た。彼らはつい傍若無人《ぼうじゃくぶじん》に声高にしゃべる人間である。

「一つ赤札をはってもらうかね」

「ありがとう」

改めて見ると、もう三幅は赤札がついていた。

「美しく生きたき者よ」

に白雲子は赤札をつけさした。そして「そのうちまたゆっくり逢って話をしよう、今日はちょっと急ぐから」と言って帰って行った。

いろいろの人が来た。その内には泰山夫婦を知っている人もあって、挨拶《あいさつ》した。泰山は落ちついて挨拶したり、話しかける人がいると、いつもに似合わず謙遜《けんそん》に受け答えしていた。「影弁慶《かげべんけい》」という言葉が僕の脳裏をかすめて、ちょっと微笑を禁じられなかった。

見物人の内にはちょっと見ていかにもつまらなそうに出てゆく人もあった。熱心に見ている人もあった。泰山は少しいて、夫人に、

「帰ろう」と言った。夫人はもとよりすぐ賛成した。僕ももちろん二人に従った。

帰り道に泰山は言った。

「君にだまされて会場に行って、久しぶりにいやな気持になったよ。心細い気がした。家の中にいると、いい気でいるが、世間の空気にふれると、いい気ではいられないので、少し気が滅入《めい》った。自分が温室にいる人間のような気がした。だが来て悪いとばかりは思わなかった。もっと本気になって、仕事をしなければだめだと思ったよ。家にいると自分の熱がさめないですむので、いい気になりやすい。いい気になるのはどっちにしろいいことではない。僕は今日の短時間の経験で、いっそう、本気になって仕事をしたい

気になったよ。どっちにしろ僕はもう他の道は通れないのだ。自分の道を、落ちつききって歩くよりしかたがないのだ。覚悟はできているのだ。自分の実力のます道で、全力を出し切るよりしかたがない。だがそれ以上に僕は宇宙のまん中に坐《すわ》って、泰然と仕事をしてやろうと思っているのだ。そう思ったら力がわいてきたよ。この泰山安っぽくは死なないよ」

　そして泰山は初めて嬉しそうに夫人を顧みて笑った。その笑い顔はなかなかよかったよ。

書家泰山の夢（一幕）

人物

泰　山
その妻
青　年
山谷五兵衛
真理先生
その他

（幕あく、泰山、妻の琴《こと》を聞いている、ひき終わる）

泰山　いつそんなにうまくなったのだ。
妻　いつのまにか。
泰山　ちっとも勉強しなかったじゃないか。
妻　あなたがご存じなかっただけ。
泰山　それだっておれが知らないわけはないじゃないか、毎日家にいるのだから。

妻　無絃琴で勉強していたのです。あなたが字をかいていらっしゃる時。
泰山　へー、無絃琴？　それでそんなにうまくなったのか。
妻　そうよ。おかしいの、あなたがいつかおっしゃったでしょ。おまえの琴をきくと字が下手《へた》になるって、私、あれから、私の琴をきくと字がうまくなると言っていただけるようになってみせようと心で決心したのよ。
泰山　そうか、それで無絃琴をならしていたのか。
妻　そうよ。
泰山　ちょっと無絃琴をならしてみてほしいね。
妻　なかなか、そうやすっぽくはお聞かせできませんわ。
泰山　そうかね。
妻　あなたの耳はまだ、無絃琴をおききになる力がありませんわ。
泰山　おや、おや。
妻　ただごらんになって、酒のさかなにして笑おうと思っていらっしゃるのでしょ。
泰山　そんなことは断じてない。
妻　それでもきっと、お笑いになります。
泰山　笑わない、断じて笑わない、つつしんで拝聴するよ。
妻　拝聴していただかなくっていいのですが、それならまあ、思いきって、お目にかけましょう。（琴を押しやり、爪をはずし）つまりこういうふうに勉強したのですよ、べつに変わった方法ではありませんわ、お目にかけるほどのものではありませんわ。
泰山　(威儀を正してひく形をする)
うん、立派《りっぱ》だ、音が聞こえてくる。
妻　(やめて)本当?
泰山　本当だよ。
妻　まあ、嬉しい。
泰山　おまえも偉くなったものだな。
(呼び鈴なる)
泰山　誰か来た。今時分来る奴《やつ》にろくな奴はない。山谷くらいのものだろう。
妻　まあ、そんなところね。
泰山　山谷ならここに通して、一杯のましてやろう。
(妻、退場。まもなく登場)
妻　山谷さんじゃあ、ありませんでした。真面目《まじめ》そうな青年の人でお弟子《でし》になりたいと言って見えました。ここにお通ししますか。
泰山　弟子になりたいと言うんならここでいいだろう。どうせ断わるのだから。
(妻、退場。青年をつれてくる)
青年　(丁寧《ていねい》に挨拶《あいさつ》する)初めまして。
泰山　僕の弟子になりたいというご用件だそうだが、僕は弟子はとりたくないし、また弟子をとるほどの資格もあると思っていないのだ。
青年　それはよくわかっております。
泰山　わかって来たのか。
青年　ええ（くり返し）わかってはおりましたが、どうしても先生について書をならいたいと思いまして。
泰山　今どきの青年のくせして、書をならいたいという心がけも、僕はあまり賛成できないね。
青年　今どきだから、先生のお弟子になりたいのです。
泰山　もの好きだね。
青年　もの好きだとは思っておりません。
泰山　それならなに好きだ。
青年　なに好きでもございません。
泰山　それなら、どういう決心で来たのだ。
青年　僕は先生の字が大好きなのです。先生の字を見た時、僕はこんな方が今の日本にいるのかと驚きました。
泰山　へー、物好きな男だね、君は。
青年　いや、物好きではありません。僕は真剣なのです。生きるか死ぬかの境を通って来たものです。人生は生きるに足るものか、足らぬものか、それを僕は知りたいのです。先生の字を見た時、今の世でこの人だけは大地に根をはって生きている人だと思ったのです。でもそんな人がいるわけはないと思って、先生の字と一時間ぐらいにらみっこをしたのです。そして僕の方が負けたのです。それでお弟子になりたくなったのです。

泰山　そうか。君は珍しい青年だ。君のような人間がこの世にいるとは思わなかった。僕の力をそこまで感じてくれたことはありがたい。一杯あげよう。

青年　酒はのみません。

泰山　ますます珍しい男だな。

青年　それより、字をかくところを拝見したいのです。

泰山　それなら見せてあげよう。良寛和尚《おしょう》のことは知っているだろう。あの和尚はこういうふうに空中に字をかいて、字の勉強をしたそうだ。（大空に木の字を大きく力入れてかく）なんという字か、わかるか。

青年　木という字だ。

泰山　そうだ。大地に根をはっている木という字だ。字というものは面白いものだ。僕はなぜ書家になったか、君は知っているか。

青年　知りません。

泰山　僕はいちばん、正直に直接法に、自分を生かすことができるものは何かと思った。文章はかくのが厄介《やっかい》だ。一とくれば二とくる、右とくれば左とくる、前とくると後ろとくる。それに人間の言葉は厄介だ。僕のような人間は、かけない方のことが気になる。たいがいの文学を読んでみたまえ、よくもこう嘘《うそ》が平気でかけると思えるね。それに面倒《めんどう》だ。画《え》も厄介だ。モデルなんかつかわないではかけない、絵の具がなければかけない、なかなか厄介で、不便だ。金もかかる、ところが書はどうだ。墨と筆と紙があればいい。それで十分自分を生かすことができる。実に字というものは、よくできている。木という字でも、横にこう線をひく、平らにだ、地平線と並行してだ。大きな材木のような字をかくのだ。そこにまっすぐに天と地をつらぬく、ただ柱をかくのだ。そしてその上に倒れないように、ふんばって、左と右を線をひいてはねるのだ。どうだ、どこをかく時もちがった気持がある。どうだ、面白いだろう。いくら力を入れてかいても入れすぎることはないのだ。腹の底から力を出すことができるのだ。この柱の棒がはねるのはちょっと理窟《りくつ》にあわないかもしれないが面白い。何かにぶつかって、はねるのだ。それから左右に斜めの線をかく時の気持も特別だ。行書や草書にいたっては、千変万化、どんな線でも心のままに流れ出て、停止する処を知らずだ。無限の道、無尽の道だ。だから皆、この道にはいると、自己を見失いがちになる。しかし自己の足が大地からはなれたらしかたがない。だから楷書《かいしょ》をうんとやって、足音高く歩くことをまず覚えることが大事だと思う。僕は自分の全精神と全力を生かしたくって書をやったのだ。君も書をやる以上は、書によって精神力を強め、強めた精神で、なお力強い字をかかなければならない。

青年　よくわかりました。
泰山　それなら今度、何かかいて持って来たまえ。
青年　木という字を、一万かいて持って来ます。
泰山　あははは、君はなかなか話せる男だ。
青年　それではこれで失礼いたします。
泰山　それならかけたら持って来て見せてもらおう。
青年　はい。
（青年、妻、退場。泰山、空中に木の字を大書して）
泰山　僕も、相当の者だぞ。
（妻、登場）
妻　よろこんで帰ってゆきました。
泰山　あいつはぞんがい、ものになるかもしれないぞ。
妻　つぎ、つぎといい人は出てくるものですね。
泰山　何千万といるのだから、少しはいい人間がいてもいいはずだよ。悪い人間といい人間と比較したら、僕はいい人間の方がずっと多いということを信じて疑わないのだ。いやな奴がいると思うたびに、僕はそれ以上、いい奴がいるのだと思っているが、こんな時代だから、きっといい奴がかくれた処にいるのだと思っていたが、やはりいるね。

妻　いると思えばいないし、いないと思えばいるのでしょう。
泰山　まあそんなところだね。だがおまえの無絃琴には感心したよ。
（呼び鈴なる）
泰山　また、誰か来た。
妻　今度はきっと山谷さんよ、鈴のおし方がそうよ。
泰山　そう言えばそうらしいね。
（妻、退場、山谷とまもなく登場）
妻　やはりそうだったわ。
泰山　よく来たねーと言いたいところだが、悪く来たねと言うのが本音だよ。
山谷　悪い処に来た方が、ご利益《りやく》がありそうですね。待っているところに来たらろくなことはありませんからなー。
泰山　まあ、そんなところだな。一杯のまないか。
山谷　もちろんのみますよ。ところがその前におたのみがあるのです。
泰山　たのまれるのは、何でも嫌《きら》いだが、何だ。
山谷　今、真理先生の所に行って来たのです。
泰山　それで。
山谷　先生が、あなたに一度、逢《あ》いたいと言うのですよ。
泰山　それは、僕の方でも逢いたいと思っているのだが。

山谷　それで実は真理先生が門《かど》で待っていらっしゃるのです。
泰山　来ていらっしゃるのか、それなら早くおつれすればいいのに。
山谷　それではおつれしますよ。
泰山　ちょっとかたづけなければ。
山谷　この方が結構ですよ。
妻　応接間が寒くなければ。
山谷　ここの方が結構ですよ。泰山先生の日常の生活が見たいと、おっしゃっていらっしゃいました。
妻　先生は酒を召し上がりますか。
山谷　召し上がりません。
妻　それならかたづけましょう。
山谷　一杯、いただきましょう。
泰山　ずうずうしい奴だね。
山谷　ずうずうしいのは、私の専売ですからね。
(自分で酌《しゃく》をして、二杯ほどのみ)
山谷　それでは、そろそろお迎えしてきますかな。
泰山　本当にしょうがない奴だな。
山谷　真理先生は、待つのがお好きなのですよ。あんなに辛抱《しんぼう》のいい方はありませんよ。

泰山　それでも寒い時に、外でお待たせするのは、少しひどすぎるよ。

山谷　すぐお呼びしてきますよ。

（山谷、退場）

泰山　しょうがない奴だ。

妻　すぐいらっしゃるのでしょ。

（かたづける）

妻　どんな方でしょうね。気むずかしい方でしょうか。

泰山　そんなことはあるまい。山谷と気が合っているらしいからね。

妻　あなただって。

泰山　おれだって気むずかしい人間じゃないよ。

妻　どうですかね。

泰山　山谷あれで、面白いところがある。

妻　あの人の話をきくと、世の中は面白い人でうずまっているようですね。

泰山　存外毒のない男だよ。虫のいい男ではあるがね。

（山谷、登場）

山谷　誰が虫がいいのですか。真理先生ですか。

泰山　虫のいいのは君にきまっているよ。先生はおいでになったか。

山谷　私の後ろにいらっしゃいます。

泰山　早くお通ししろよ。
山谷　どうぞこちらに、ご遠慮なく。
真理先生　それでは失礼いたします。
泰山　どうぞこちらに。
真理　それでは失礼。
泰山　初めまして。お逢いしたいとは前から思っていたのですが。よくいらっしゃいました。
真理　不意にお逢いしたく思いましてね。
妻　よくいらっしゃいました。
泰山　僕の妻です。
真理　初めまして、どうぞよろしく。
山谷　先生は、君といろいろ話をしたいのだそうだ。
泰山　なんでも、私でお役に立つことでしたら。
真理　私はこのごろ、日本に現在生きている人で、この人には逢ってみたいと思う人に逢ってみたい望みを起こしたのですよ。そしてまず第一にあなたにお逢いしたかったのです。いつか、大願成就とかいていただいて、本当にありがとうございました。
泰山　いや、お恥ずかしい作で。
真理　いや感心いたしました。

泰山　あまり大きな文句で。
真理　おかげで、あの時、墨をすった娘は、大願成就をしたようなありさまで、たいへんよろこんでおります。
泰山　実際、愛子様はよくできた方ですね。兄もたいへんよろこんでおります。おかげで僕も鼻が高いわけです。兄にはいろいろと世話になっておりますから。
真理　いずれお兄さまの白雲さんにもお逢いしたいと思っております。この世の中にいい人間がいて、真剣に仕事をしているということは実にありがたいことです。本当に人間らしい人間、逢ったということが喜びになるという人間、そういう人間が、この世にいてくれることは実にありがたいことです。そういう人にこの世で逢えるのは喜びです。私もいい齢《とし》をしてきましたから、その喜びを十分味わって、死にたいと思っています。生きていることは、悪いことではないと思いますね。
泰山　本当です。僕なんか、ただ字をかいているだけですが、それでも、いい人間の心にふれることができると、嬉しくなります。さっきも、私の字を見て、生き甲斐《がい》を感じた青年が来てくれて、実に嬉しく思いましたが、今またわざわざ、あなたが、来てくださって、本当に私たちは光栄に思いますよ。これからますますしっかりやりますよ。
真理　しっかりやってください。あなたの真心は、私の真心にじかにふれてきます。ありがたいことです。

泰山　ありがたいのは僕の方です。

（どこからか声あり）夢、夢、夢。

（一瞬暗くなる。あかるくなる。泰山一人）

泰山　なんだ夢だったのか。おめでたい夢を見たものだな。

（どこからかの声）わかったか。あははははは。

泰山　わからないぞ、きさまは誰だ。

悪魔　（あらわれる）私だよ。（若者の姿をしている）

泰山　悪魔だな。

悪魔　君が見れば、悪魔かもしれない。ともかく本当のことを知らせに来たものだ。

泰山　本当のこととは何だ。

悪魔　君が知りたくないことをのこらず知っているものだ。

泰山　本当かね。

悪魔　君がいつ死ぬかということ、君が後世に無視されること、君がいかに独《ひと》りよがりの愚か者であること、君の書が価値のまるでない、実にくだらないものであること、なんでも知っている。

泰山　偉いね、君は。だが君は人間がどういうものかは知らないだろう。人間の心が何をいちばん望んでいるかは知るまい。僕がなぜこんなにムキになって、一生かけて、書のような馬鹿なものを、一心こめてかかないではいられない気持はわかるまい。それがわからないでは、人間のことに口は出さない方がいいね。君には人間本来の生命という言葉は、馬鹿気た言葉に聞こえるだろう。どうだ君の見た人間観を聞かしてもらいたいね。人間は何のために生きているのだと君は思っているのだ。

悪魔　人間は死ぬために生きているのだ。無意味なものだ。人生は空にすぎない、ただ快楽だけが、人生の空を満たしてくれるものだ。

泰山　嘘言っちゃあ困るよ。そんな考えだから、僕の書はわからないのだ。僕の書がわからないばかりか、昔の人の書のよさもわからないだろう。第一人間のよさとか、偉さなどというものは君にはわからないだろう。ミケルアンゼロや、梁楷の書を見たって、おまえさんにはくだらないものとしか、思えないだろう。おまえさんこそ憐《あわ》れな人間だよ。

悪魔　おれをあわれな人間と言うのか。おれには二人の偉大な弟子がいる。一人は無尽の金を持ち、一人は無限の力を持っている。おれの言うことを聞かないものは、この世では敗残者として生きるか、奴隷として生きなければならない。きさまはどっちを選びたいのだ。

泰山　両方ともご免だよ。

悪魔　それならおれの弟子になれ。

泰山　適当に、要領よくね。おれはおまえを敵にしようとは思わないよ。おれは力のない人間だから、好んで、金とも、暴力とも戦おうとは思わないよ。だが金と暴力でやっつけられないものを僕は信じ、またそれをたよりにしているのだ。金や権力の奴隷になったら、もう人間は廃業したのも同じことだよ。

悪魔　こういう世界はおまえは嫌いかね。

（悪魔さしまねく、美しい女二人あらわれる）

悪魔　おどって見せてやれ。

（どこからか音楽が聞こえ、二人おどる）

悪魔　どうだ綺麗《きれい》だろう。

泰山　たしかに綺麗だ。

悪魔　おまえの書には、こんな魅力はないね。

泰山　もちろんないよ。

悪魔　この魅力がなくっては、誰にも愛されないね。

泰山　そんな馬鹿なことがあるものか。

（舞い終わり、二人去る）

悪魔　おまえは夢中で見ていたね。

泰山　夢中で見ていた。

悪魔　おれの弟子になれば、あんな踊りはいつでも見られるのだ。

泰山　見たかないよ。見たくなったら困るよ。家に落ちつかなくっては困る。僕には幸い金がない、いつでも家に落ちついていられる。ありがたいことだ。

悪魔　君も時々は遊ぶ方がいいのだ。金はなんとかしてやるよ。そうすると君の字に今より艶が出るよ。
泰山　そんなもの出ないで結構だよ。
悪魔　おれは君に一つ字をかいてもらいたいね。
泰山　かいてもいいよ。何という字だ。
悪魔　死という字だよ。君の最後の字だ。
泰山　まだ死ぬのはいやだ。
悪魔　君はわれらに味方しないのだから、われらの敵だ。死なねばならないのだ。
（死の神あらわれる）
泰山　まだ死にたくないよ。
悪魔　おれの弟子になるか。
泰山　きさまの弟子になるとどういうことになるのだ。
悪魔　おれの言うとおりの形の字をかくのだ。文句もおれに気に入る文句ばかりかくのだ。
泰山　そんなことはご免だ。
悪魔　それなら死ぬか。
泰山　死ぬのもご免だ。
悪魔　どっちかを選べ。

（どこからか声）夢だ、夢だ、夢だ。
泰山　夢だったのか。ああ、夢でよかった。おれはまだだめな人間だ。もう少しで悪魔の前に頭をさげたかもしれない。
（妻、登場）
妻　あなたこういう方がいらっしゃいましたよ。
泰山　ここに通したらいいだろう。
（妻、退場。妻、一人の中年の男をつれて登場）
客　初めてお目にかかります。ご高名は前からうかがっていました。一度お逢いしたいと思いました。
泰山　何かご用ですか。
客　私が最近、あなたの書を一つ買いたいと思うのですが、真偽がわからないので、見ていただきたいと思うのです。
泰山　拝見しましょう。
（客、幅のはいっている箱を出す。泰山それを床にかける。「汝《なんじ》の敵を愛せ」とかいてある）
泰山　これはたしかに私の書ですが、私はこんな文句をかいた覚えもないし、こんない字をかいた覚えもないのです。不思議なこともあるものですね。（妻に）おまえ、この字をおれがかいたのを見たことがあるか。

妻　ありません。

泰山　それならニセ物かな。ニセ物にしては、できがよすぎる。僕以外にはかけないと思える字で、僕の最傑作とも言いたい書だ。どこでおもとめになったのです。

客　それが面白い処でした。私は今、あることで、たいへんひどい目にあわされているのです。早い話が私は今、敵にやられかけているのです。敵は私を社会的に葬ろうとしているのです。それで私はその敵、もと私が使っていた者ですが、このごろ私よりずっと出世して、私の雇われた会社の重役になっていて、私を目の讐《かたき》にして、若い時にあなたにさんざんこき使われたことがある。いつか、このうらみを晴らしたいと思っていたが、とうとうその時がめぐり来たと言って、私の顔を見て、からからと笑うのです。私はかっとしましたが、その時は、そのままで腹の虫をおさめましたが、その帰り、その男を殺してやろうと思って、何か刀のようなものはないかと、ある古道具屋によったら、このあなたの書がそこにかかっているのです。私は前からあなたの書を一つほしいと思っていたのです。ところが文句が初め気に入らなかったのですが、なにしろ敵を殺せという字だったら飛びつきたいところでしたから、敵を愛せでは困ると思ったのですが、見ているうちに、私の目に涙が浮かんできて、思わず泣きました。妻子のことを思い出したのです。そしてこの文句が実にありがたくなったのです。それで買うことにしたのですが、その時道具屋の文句が気になったのです。

泰山　その道具屋はなんと言いました。

客　道具屋は、私はこれはまちがいなく泰山の作だねと言いますと、道具屋は、それはもちろんまちがいがありません。泰山よりほかにこんな字をかく男はありません。それにこの作は、泰山が明日の朝かく字ですから、これほどまちがいのない字はありませんとそう言うのです。あしたの朝かく字が、今あるというのは変なので、ちょっとおたずねに上がったのです。
泰山　明日の朝、私がかく字だと言うのですか。それじゃ私がかいた覚えがないのは当然です。（妻に）これはおれがあしたの朝かく字だそうだ。なかなかいい字だし、文句も恐ろしい文句だ。
客　それではこの字はまちがいありませんか。
泰山　まちがいありません。たしかに私の字です。なかなかいい字だ。私が見てもほれぼれしますよ。
妻　本当にいい字でございますね。
（どこからか聞こえる）夢だ、夢だ、夢だ。

幕

馬鹿一

誰か来るといいと思っているところに、山谷五兵衛がやって来た。

「何か面白い話はないか」

と言ったら、

「馬鹿一の話をしたかね」と言う。

「まだ聞かない」

と言ったら、得意になって話し出した。

一

本名は下山はじむと言うのだ。はじむという字は一の字だ。それで僕たちは下山のことを馬鹿一と言っている。

これは軽蔑《けいべつ》して言っているにはちがいないが、愛称でもあるのだ。なぜかというと僕たちは馬鹿一をけっして憎んではいないからだ。憎めるような相手ではないのだ。めずらしくお人よしなのだ。人がよすぎるので僕たちは馬鹿一と言っているのだ。

どのくらい人がいいかは、次の話でもわかる。馬鹿一はくだらない画《え》をかいたり、詩をつくったりしている。もちろん、どこにも詩集を出すものもないし、画を買う人はないのだ。しかし当人はそんなことはいっこう気にせず、閑《ひま》さえあれば画をかいたり、詩をつくったり、している。それである質《たち》の悪い男が、馬鹿一にこういう冗談を言ったのだ。

「君の名は姓名判断からいうと実に珍しい名なのだ。君の詩や画は千年たたないと皆にわからない。千年たつと君の名は世界じゅうに知られる名だ。それまでいくら君が努力しても、誰にもわかってもらえない名だ。一つ名を変えて、下山四つという名にしたらどうだ。そうすれば生きているうちに有名になれる」

するとき真面目《まじめ》になって馬鹿一は答えるのだ。

「僕はけっして名は変えない。生きているうちに有名になるより、千年後に世界一の人間になる方を僕は望んでいる。僕は前から千年たつと知己が出てくることを知っていたのだ」

「千年後に有名になったって、何にもならないじゃないか」

とその友だちがひやかすと、馬鹿一はますます真面目になってこう言うのだ。

「君たちにはわからないが、僕は千年後に知己が出てくれれば、満足するよ」

冗談言った奴《やつ》は、冗談が通じないのにがっかりして、

「負けた」と言った。

その後、馬鹿一は自分の画に、自分で彫った印を押した。その印には「千年後有知己」と彫ってあったのには、一同大笑いした。

二

　また僕たちは馬鹿一を訪れる時は、よく道傍《みちばた》で雑草を折りとって持ってゆくのだ。馬鹿一は郊外に住んでいるから、馬鹿一の近くにはいくらでも草がある。その草を一本でたらめにとって、お土産《みやげ》に持っていってやるのだ。そして、

「どうだ。この美しさは、あんまり美しいので君が喜ぶと思って取って来たのだ」

　と言うと、馬鹿一はすっかり喜んで、

「そうか、それはどうもありがとう。本当にこれはすばらしい。さっそく写生しよう。どうもありがとう。僕は今までにこの草を何度も見たが、まだこの草の美しさを十分知ることができなかった。君のおかげで、この草の美しさを知ることができるのは、ありがたい」

　そう言って、喜んで花瓶《かびん》にその草をさすのだ。そしていろいろの角度から見て、「なかなかこの美を見つけるのはむずかしい、よく君に見つかったね」などと言う。それが少しも皮肉でなしに、大真面目なのだから驚く、そしてどうかすると、その雑草が美しく見えてくることがあるのは不思議だ。

　時々僕たちは、馬鹿一は日本一の仕合わせ者かもしれないと思うのだ。なにしろ悪意がないのだ。万事善意にとって、いつも嬉しそうにしているのだ。

そしていくら他人から悪口言われたって、にこにこしていて、

「君たちにはわかるまい。君たちでも十年勉強したら僕のものがわかるようになるが、その暇がないからわからないのだ」

なぞと本気にそう思っているのだから手がつけられない。もっとも時々面白半分におだてる人もいるのがよくないのだ。

こないだも、僕は何かをお土産に持ってゆこうと考えて、往来に落っこっていた石を一つ拾って、それを手でこすって、光らすようにしたのだが、どう見ても平凡な面白味のないどこにもころがっている石なので、いくら馬鹿一でもこれを持っていってお土産だと言ったら、いやな顔をするだろうと思ったので、捨てようかと思ったが、しかし相手が相手だから、どう答えるか、ためしてみようと思って、少し気がひけたが、思いきって持っていったのだ。そして、

「こんな石が往来に落っこっていたが、君にどうかと思って拾ってきた」と言って渡したら、馬鹿一は丁寧《ていねい》に、

「どうもありがとう」

と言って貴重品でも受けとるように受けとって、いろいろの面をいろいろの角度から見つめて、黙っているのだ。あまり熱心に見ているので、こっちはますます気がひけてきた。しかし馬鹿一がなんと言うか。好奇心で僕も黙って見ていた。

「こういう詩ができたよ」

と馬鹿一は言って、紙切れに鉛筆で詩をかいて見せた。
「おまえは道ばたに落ちていて
詩人の処にゆきたいと願っていた
すると一人の男が来て
おまえの無言の言葉を聞いた
そしておまえを拾って
詩人の処に持って来た
おまえは無言で喜んでいる。
そして無言で詩人にお礼を言ってくれと言う
おまえをここまで運んでくれた人に。
おまえはついに詩人の処に来た
おまえはついに安住の地を得た
千年たつと、お前は宝石に化するであろう」
僕はその詩を見て、
「馬鹿につける薬はない」と思ったね。
手がつけられない。
それから僕たちは馬鹿一にもう一つの別名を奉った。
「千年居士」

三

僕たちが気がむしゃくしゃしたり、いろいろ不愉快なことがあると、馬鹿一の処につい足が向くのだ。馬鹿一に逢っていれば、世間のことは忘れる。そしてこんな呑気《のんき》な生活をしている人間もあるのだ。あくせくするのは馬鹿気ていると思うのだ。

馬鹿一に言わすと、

「この世は美しいものでいっぱいなので、醜いものを見る閑《ひま》はない」と言うのだ。人間の頭は一時に二つのことは考えられない。美しいものを見ている時、醜いものは考えられないと言うのだ。

ある人が彼に現代の有名な外国の作家のものを読むことを薦《すす》めた時彼は言うのだ。

「僕はそんな人のものは読みたいと思わないよ。人生についてははばかりながら自分の方がよく知っている。人生に背中を向けて、人生をいやに複雑なものと思っているものを読むと僕の頭は馬鹿になる。僕はやはり真理は単純なものだと思っている。耶蘇《ヤソ》は自己のごとく隣人を愛せよと言った。また敵を愛せよと言った。神の国とその義を求めよと言った。また自分の目の梁《はり》を気にしないで、他人の目の塵《ちり》を気にする者を反省さした。そこに真理がある。孔子は朝に道を聞いて夕に死すとも可なりと言ったが、真理を実行できた時は、生も死もない、それでいいのだ。むずかしい理窟《りくつ》はいらないのだ。迷路を歩くと頭がこんがらかる。僕は迷路を歩く興味はない。そんなものを読むより僕は石を愛せ、雑草を愛せと言うね。画家で詩人の僕には、つまらない小説を読むよりは、石を見たり、雑草を見たりする方が、はるかに意味があるよ。まして野菜とか、花とかを見るのはなお意味がある」

ある人は親切に言ってやったのだが、ああ頑固《がんこ》じゃ救われないと言っていた。

しかし馬鹿一はいっこう、誰がなんと言おうと平気なのだ。人生については自分の方がよく知っている。千年後にはこのことがわかる。そう信じきっているのだからね。

自分を馬鹿だとは思っていない。自分をまた不幸とは思っていない。その反対に、自分は現代第一の賢者で幸福な者だと思っているのだろう。

それで僕たちの間に、なんとかして馬鹿一に、おまえは馬鹿なのだ。おまえの仕事は無意味なのだ。おまえほど無意味な存在はこの世にないのだということを知らせることができるかどうか、かけを行なおうという相談が行なわれたのだ。しかし誰もそれができるという方にかける人はいないのだ。その結果、もしそれができる人があれば皆でその男に千円ずつ出そうということになったのだ。僕たちもあまり利口《りこう》ではないわけだ。

しかし人間にとって不可能なことを可能にすることはたのしみなものだ。また他人にできないことをやるということもたのしみなものだ。その上に馬鹿な人間が賢いと思い込んでいるのをやっつけるのも面白いものだ。その上に一万円ぐらいの金がはいるのだから、今どきの一万円はたいしたものではないことはわかっているが、それでも取って損するわけではないから、皆なんとかして、馬鹿一に自分が馬鹿なことを知らそうと骨折ることになったのはいうまでもない。僕もその一人だった。

四

そこでさっそく、様子見に馬鹿一の処に出かけた。もう先客が来ていて、しきりと問答をしていた。馬鹿一が負けなければいいがと思って聞いていた。僕以外の人が馬鹿一をやつけては困るからね。

先客はこんなことを言っている。

「君は千年後に本当に知己が出ると思っているのかね」

「僕の名がそういう名だそうだよ」

「あれはあの男がでたらめを言ってみたのだよ。あの男が君があんまり皆に無視されているので気の毒に思って、口から出まかせを言ったのだよ」

「当人は出まかせのつもりかもしれないが、そういうことを僕に知らせたがっているものがいて、その男を通して僕に知らしてくれたのだ。僕が本当にそうだと思ったのだから、どんなつもりで言ったにしろ、それは事実なのだ」

「君は姓名判断を信用しているのか」

「千年後に知己が出るということを、あてるところをみると信用していいとみえるね」

「君はどうして、そんな馬鹿ならそがわからないのだ」

「君には千年後のことがわかるのかね」

「それはわからないよ」

「それなら僕が千年後に有名になるか、ならないか、わかるわけはない」

「君だってわかるわけはない」

「しかし僕は前からそれを信じていた。百年後か、千年後に知己がでてくることをね。その僕が信じきっている事実が僕の名にあらわれているとすれば、姓名判断も馬鹿にはできない」

「馬鹿だね。君は」

「君だって、馬鹿に変わりはないよ」

そう言って馬鹿一は馬鹿笑いした。

「君の負けだよ」

僕はそう言った。

「馬鹿につける薬はないというのは本当だね」

その男はあきらめた。今度は僕の番だが、僕はすぐやつけることができるとは思わないので、まず敵の様子を見ることにした。

「近ごろ何か面白いことがあるか」と聞いた。

「面白いこととというのはどういうことか」

さかさまに聞かれて、僕は困ったら先客大得意で、

「面白い」と言った。

「僕は面白いというのは面白いことだよ。君だって面白く思うことがあるだろう」

「僕は面白いことなんかべつに考えたこともないよ。面白いと言えばなんでも面白い。しかし特別に面白いことはないね。また僕は特別に面白いことを求めてもいない」

「何か変わったことはないか」

「相変わらずだ」

「相変わらず、くだらない画をかいているのか」

「君たちが見ればくだらない画を相変わらずかいている」

「見せないか」

「見たければ見せてもいい」

そう言って彼は自分がかいた画を五、六枚出して見せた。相変わらず石ころや、草をかいた珍しくない画ばかりなのだ。

「こんなものばかりかいてよくあきないね」と言ったら、

「君はあきるほど見たことがあるのか、見ない前にあきているのじゃないか。よく見たことがないから、同じに見えてそこに千変万化がある、面白さがわからないのだ。よく自然を見ない奴に限って、自然を馬鹿にする。見あきることができるのは、くだらない人間のつくったもので、自然のつくったものではない」

と得意になって、ぺらぺらしゃべり出した。

先客先生、自分が負けたことは忘れて、嬉しそうに笑っている。それがいまいましいので、何か一こと言って、馬鹿一をやっつけてやりたいと思うのだが、相手の馬鹿さが一とおりでないので、なかなかいい言葉が考えられないのだ。

「詩もかいたのがあったら見せてほしいね」

「また悪口が言いたいのだろうが、見せてやろう」

どうも敵もさる者という感じがする。こう君に話すと、僕の方が馬鹿で、馬鹿一の方が利口に見えるかもしれない。しかし馬鹿一の顔を見るといかにも間のびして、一見して、これは相当以上馬鹿だということがわかるわけだ。もっとも僕だってあまり利口そうな顔はしていないがね。

五

馬鹿一は詩を持って来た。

「石を愛せ
草を愛せ
喜びその内にあり
石を愛せ

草を愛せ」

という詩があったので僕は真面目《まじめ》な顔をしてこのあとに、

「猫を愛せ

犬を愛せ」

とかいたらいいだろうと言ったら、

「馬鹿だね、君は」とやられてしまった。

「ぴったりその時、そう思ったからかいたのだ。そう思わぬことを一ことも書かないところが僕の主義なのだ。石のよさが君にわかるか、いつか君は石をひろってくれたが、あのよさがわかれば、ああ簡単には僕にくれる気にはなれなかったろう。あのくれ方で、君には石のよさがわからないのだと思ったよ」

ますます僕の風向きが悪いので、先客大得意。

僕も出なおす気になって、その日は二人退却することになった。

「どうも困った相手だ」と二人は仲よく笑った。

六

その後も僕は時々出かけて、いろいろためしてみたが、とうとう僕の方が根気まけした。皆に聞いてみたが、誰もさじをなげていた。

「ああ徹底した馬鹿にはかなわない。結局この世でいちばん仕合わせなのは馬鹿一だと思うね」

これが皆の結論になったのだ。そして皆が自分の失敗談を得意になって話すのだ。

Aはこう言った。

僕はあいつに「今の世でいちばん仕合わせなものはどんな人だろうね」と聞いてやったら、

「そんな人は知らないよ。僕が尊敬するのはガンジとシュワイツァだが、仕合わせだかどうか、おそらくそんなことはどうでもいいと思っているだろう」

「君はどうだ」

「僕は自分を仕合わせ者ともべつに思っていないよ。死んでみないとわからない。しかし今までのところでは仕合わせ者と言っていいだろう。なにしろいつでも愉快にくらしてきたからね」

「君は煩悶《はんもん》なんかしたことはないだろうね」

「若い時はしたかもしれないが、忘れてしまった。このごろはあまり煩悶しないね」

「今どき煩悶しない者は馬鹿だという話だよ」

「君は本当に煩悶したことがあるかい。僕は自然から愛されているから煩悶したくも煩悶できないのだ。自然に愛されない、放蕩息子《ほうとうむすこ》は煩悶するだろう。君は自然に愛される者が自然に愛されないものより馬鹿だと思っているのか」と言うのだ。

「今どきに自然に愛されているなぞと思う奴はおめでたいと言っていたよ」

「おめでたいということは事実だ。しかしそれを反語で言っているなら、そんなことを言って得意になっている人の方が、おめでたいのじゃないか。僕なんか他人のことなんか考えている閑《ひま》がないよ」

「今どきに他人のことを考えないなぞというのは独善主義だとその人は言っているよ」

「本当にその人は他人のことを考えているのかね。僕は他人のことを考えれば考えるほど、自分がしっかりしなければと思うね。他人がくだらない、ニセ物の画をかけばかくほど、自分は誠実無比な画をかきたいと思うね。他人がでたらめな生き方をすればするほど、自分は本当の生活をしたいと思うね」

「僕が言うのはそういう意味じゃないのだ。他人の不幸を救わないのはいけないと言うのだ」

「救えるのかい、本当にこの世に不幸な人を救う力がその人にあるのかい、僕にもでき、僕にも納得がゆき、僕の一生をなお美しく生かす方法を知っている人があったら、教えてもらいたいね。しかし僕は一個の人間として、自分の生きる道をがっちり歩くつもりだ。それがいちばん神の意志に叶《かな》っていると、僕は信じているのだ。僕は自分に不適当な仕事であくせくしようとは思わない。自分がこれより他しかたがないと思う方に全力を出せばいいと思っている」

「それでは君は全力出しているのか」

「僕の詩や、画を見ればわかるはずだ」

「千年後の人にかい」

「誰でも人間ならわかるはずだ」

「僕にはわからないね」

「君はまだ人間になっていないからだよ」

「僕が人間になっていない」

「そうだよ。君は他人の説ばかり受け売りしているじゃないか。自己に徹していない。独立した一個人になれないものは、僕はまだ人間になっていないと思っている」

こうやられてしまった。Aはそう言って大笑した。僕たちも笑った。

七

今度はBが負けずにこう言うのだ。

僕はまた馬鹿一にこう言ってやったのだ。

「君は世間で君のことを馬鹿一と言っていることを知っているか」

「知っているようでもある」

「本当に君は馬鹿なのかね」

「それは本当に僕を馬鹿と思って、馬鹿一と言っている人があったら、その人に聞いてもらう方がたしかだよ。僕はもちろん自分を馬鹿だと思っているが、しかし世間は僕以上の馬鹿でいっぱいだと思っている。そして僕が自分の馬鹿なことを忘れている以上に、世間の人は自分の馬鹿に気がついていない。早い話、君だって自分を馬鹿だとは思っていまい。しかし君が本当に賢いなら、花がなぜ美しい花を咲かせるかわかるわけだが、わからないだろう。自分で自分の花を見ることができない花がなぜ美しい花を咲かせるか、わかるかね。またなぜ君が生まれたかわかるかね。この世の賢い人は自分が何にも知らないということを知っている人だというが、僕の馬鹿なことを知っていると思う人は、存外なんにもわかっていないんじゃないか。まず自分の馬鹿なことを知るがいいのだ。僕から見ると、僕も馬鹿にはちがいないが、皆は僕以上の馬鹿に見えるね。そして君は馬鹿なのかねなぞとすまして当人に聞く君は、ずぬけた馬鹿の一人であることはまちがいないと思うね」

Bはそう言った。皆愉快に笑った。

八

今度はCが負けずにしゃべった。

あはははは。僕は馬鹿一にこう言ってやった。「世の中に仕合わせな人というものはいるものかね」

するとま馬鹿一は、

「いるね」と言ったので、僕はしめたと思って言ったのだ。

「それなら死なない人間がいるかね。誰でも人間は最後に死ぬのだ。死の苦しみを味わうのだ。それでも仕合わせと言えるかね」

「死ぬのが平気な人がいればいいわけだ。その上苦しければ苦しいだけいよいよ死ぬ時は、いい気持になるだろう。しかしそれは死んでみなければわからないが、現在仕合わせだと思っている時は、仕合わせと言っていいと思うよ」

「君は仕合わせか」

「まあ、今のところ仕合わせと言っていいだろう。今後のことはわからないが、しかし僕は若い時は死ぬことを考えると、生まれたことを呪《のろ》いたくなったことも一、二度あったが、このごろは自分の死ぬことを考えても、少しも不幸とは思わなくなった。死もまた楽しという気持がだんだんわかってきたように思うよ。僕は生きているかぎり、仕事に真心こめれば、死ぬ時は死んでもいいと思うように人間はできていると思うよ」

「君の仕事というのは、君の詩や画のことか」

「そうだ」

「それに君は本当に自信を持っているのか」

「持っている」

「誰一人君の画や詩をほめる人はいないよ」

と僕は言ったら、さすがに馬鹿一も、ちょっと黙ったが、しかしすぐ元気に言った。

「それでいいのだよ。僕は自分で満足しているのだ。僕は人間一人一人に愛されるより、自然に愛される方が好きなのだ」

「自然が君を愛しているのか」

「僕ほど、自然の美しさがわかる人間がいるか、少なくも今の世に僕くらい、自然を愛することができるものがいるか。それは同時に自然からも愛されることを示すものだ。君にはこの気持はわかるまい。僕の詩や画がわからないものには僕の気持はわからないね。この石ころの画を一つ見たって、僕がいかに自然に愛されているか、わかるわけだ」

その画を見て僕は開《あ》いた口がふさがらなかった。それは山谷が往来でひろった石が一つかいてある。子供でもかいたような画なのだ。子供でもあんな馬鹿げた画はかくまいと思えるものなのだ。

「この画がどこがいいのだ」

「この画のよさがわからないものには、僕の画や詩がわかるわけはないよ」

「この画のくだらなさがどうして君にはわからないのだろう。はがゆいよ」と言ってやったら、

「それほどこの妙味がわからないのかね、君には。君は気の毒な人だね」とやられた。

僕はますます開いた口がふさがらず、逃げて来た。

Cはそう言った。皆笑った。

九

まあこんな調子なのだ。

そこで僕は彼の画を五、六枚と、彼の詩を十篇《ぺん》ばかりとを借りて、僕の信用する画家と詩人に見せたのだ。二人ともどこもとり柄がないと言った。

しかし馬鹿一は相変わらず元気だ、詩をつくったり、画をかいたりしている。

「私は石を愛し草を愛し
自然を愛す
自然はまた私を愛してくれる。
私は喜んで生きる
今の世で喜んで生きてはいけないと
ある人は言うけれども、
私はつい愉快になり、元気になり、
本気になり
一生懸命になる。
ありがたし、ありがたし」

馬鹿一は相変わらず、そんな詩をかいているのだ。

馬鹿一の夢（一幕）

馬鹿一　人形さん、人形さん、おまえは実に可愛《かわい》い、いい子だね。おまえは私がかきたい時、いつでもかかしてくれるね。おまえはおとなしく私が、かいてくれるのを待っていてくれるね。そして私がかくと、いつも嬉《うれ》しそうな顔をするね。それなのに、いつも私は下手《へた》な画《え》をかいて、おまえをがっかりさせるね。今日こそ、おまえが喜んでくれるようなものをかきたいと思っている。だがなかなかむずかしいのだよ。許しておくれ、そのうちにはおまえが本当に喜んでくれるようなものをかいてあげるかね。

人形　私、いつまでも待っていてよ。先生はだんだんお上手になるから、今にきっと私が喜ぶような画をかいてくださることを、私は信じきっていますわ。だからあせらないで、ゆっくりかいてよくってよ。私、いつまでも待つわ。

馬鹿一　もうじきだよ。もう一歩進歩できれば、私だってものになるのだよ。皆も、だんだん僕の画を認めてきたのだよ。私の画もこのごろ、ぽつぽつ売れるようになったのだよ。

人形　本当に山谷さんだって、あなたの画にこのごろ本当に感心してきたらしいわね。

馬鹿一　あいつは、実にいい奴だ。少しおっちょこちょいにはちがいないが、画のわかる男じゃないが、だがあいつが感心しだしたのは、他の人がかげで私の画をほめる人があるからだ。あいつは自分一人の考えで、私の画がわかるわけはないからね。

人形　それはそうね。真理先生や、白雲先生がほめているからね、きっと。

馬鹿一　だが、真理先生だって、白雲だって、私の画が本当にわかるわけはないのだよ。私の今までの画を見て、ほめるのは、ひいきのひき倒しのようなものだよ。私が正体をあらわしたら、彼らが考えているようなそんな呑気《のんき》なものじゃないのだ。

人形　それならどういうことになるの。

馬鹿一　それは私にもわからないのだよ。神様だけが知っているのだ。

人形　神様が本当に知っていらっしゃるの。

馬鹿一　神様は知っていてくださると思うのだよ。だが神様も私の進歩の遅《おそ》いのにがっかりしていらっしゃるだろうよ。だが、私は生きているかぎり進歩して見せるつもりだよ。進歩しきった暁、どんなものをかくか、私にもわからないのだよ。だが私は、今の自分に満足しているから、不思議だよ。私はたしかに、馬鹿なところもあるらしいよ。だが、今に見ろと思っているよ。誰も気がつかない、平凡なところに、すばらしい美があることを皆に知らしてやるつもりだ。今の人間は、宝の山にはいりながら、宝がありすぎるので、気がつかないのだ。この世には美しいものがいくらでもあるのに、彼らは見ようともしないで、馬鹿なことばかり言っているのだ。この美しさが彼らにわかったら、彼らの生活はひっくり返るはずだよ。

人形　どうひっくり返るの。

馬鹿一　人生は楽しい、平凡な生活がどんなに楽しいものか知るはずだ。そして生きることの楽しさがわかるわけだよ。つまらない野心を持って、天下をとりたいなどという馬鹿な考えは起こさないはずだよ。
人形　あなただって、世界を征服したいのじゃないの。
馬鹿一　若い時はね。世界一の画家になりたいと思ったこともあったが、今では自然のつくった美を本当に味わえる人間になりたいと思っているよ。
人形　あなたは、私を人間の代用品と思って、人間の代わりに私をかいているのでしょ。
馬鹿一　そんなことはないよ。おまえを本当に可愛いと思っているのだよ。だが本当の人間の美しさはまた格別《かくべつ》だとは思っているが、代用品なんて思っていないよ。
人形　そう。それなら嬉しいけど、私は先生に世界一の美人をかかしてあげたいと思っているのよ。
馬鹿一　美人をかかなければいい画ができないと思うのは、素人《しろうと》の考えだよ。
人形　だって美しい人っているものね。
馬鹿一　そうかね。
人形　こないだ、先生電車で美しい人を見て、あの人がかけたらと思ったでしょ、私ちゃんと知っているわ。
馬鹿一　そうかね。でもまだ私の腕じゃかけないよ。
人形　私さえ、ちゃんとかけないのですからね。

馬鹿一　そうだよ。だが今にかいてやるよ。
人形　嬉しいわ。きっとかいてね。
馬鹿一　かくよ。君の本当の美しさは、僕にだけわかっているのだよ。
人形　そうお、それなら嬉しいけど。
馬鹿一　今にすばらしいものをかいてやるよ。
人形　どうぞね。
（山谷登場）
馬鹿一　いつ来たのだ。
山谷　今来たのだよ。相変わらず、人形をかいているね。
馬鹿一　しばらくかかなかったのだが、二、三日前から、不意にまたかきたくなって、かき出したのだ。だがなかなかうまくかけないので困っているのだ。
山谷　なかなかよくかけているじゃないか。
馬鹿一　そうかね。
山谷　こないだ、君の画に夢中になっている女の人に逢《あ》ったよ。
馬鹿一　女の人に？　男の人なら二、三知っているがね。
山谷　女の人だ。しかも若い美人だよ。
馬鹿一　僕の知っている人か。
山谷　君にはまだ一度も逢ったことがないと言っていた。

馬鹿一　僕をかつぐのじゃないか。
山谷　本当だよ。その人が一度、逢いたいと言っていたよ。
馬鹿一　そうか。
山谷　つれて来てもいいか。
馬鹿一　もちろんいいけど。
山谷　それじゃ呼んでくるよ。
馬鹿一　今すぐでなくったっていいだろう。
山谷　今すぐじゃ、いけないのか。
馬鹿一　いけなかあないが。
山谷　それじゃ呼んでくるよ。
馬鹿一　まあ、今日はゆっくり話してゆけよ。
山谷　その人をつれて来てから、ゆっくり話すよ。
馬鹿一　そうか。
山谷　それではまたすぐくるよ。
馬鹿一　その人の家はすぐ近いのか。
山谷　近いのだよ。（退場）
人形　おたのしみ。
馬鹿一　いや、あいつのつれてくるのは、きっと婆《ばあ》さんですよ。

人形　だって美しい若い人だと山谷さんおっしゃったわ。
馬鹿一　あいつの言うことあてになるものですか。
人形　だって、先生が、心のなかでは大いに期待していらっしゃることがわかるわ。
馬鹿一　期待しすぎれば、きっと期待はずれするものですよ。うまい話ってめったにないものですよ。僕は何度期待して、何度ひどい目に逢ったかわかりませんよ。僕は運命を信じないのです。ただ実力を磨《みが》くことだけを信用しているのですよ。
人形　だって、今までにだって、時々思いがけないいこともあったでしょう。
馬鹿一　それは実にたまにありましたよ。だがそれも、最後は、僕を孤独にさせるため、なお淋《さび》しくするためでした。私のたよりになるものは、自分の仕事だけ。
人形　私はいつもあなたの味方よ。
馬鹿一　だから私はあなたに感謝しているのですよ。
人形　その私が、人形にすぎないのはお気の毒ね。
馬鹿一　あなたが人間だったらいつまでもこんな処にはいませんよ。
人形　人形でよかったのね。
馬鹿一　そうですよ。
人形　いらっしたわ。
（山谷、若い女の人と登場）
山谷　この方だよ。

女　初めまして。
馬鹿一　ああ、あなたでしたか。
女　私をご存じだったのですか。
馬鹿一　いつか電車でお目にかかりました。もっともあなたはご存じないわけです。私の方は覚えているのです。
女　そうでしたか失礼しました。
馬鹿一　僕の方がなお失礼しました。
山谷　この方が、君の画が好きで、君によかったら肖像をかいてほしいとおっしゃるのだよ。
馬鹿一　それは本当ですか。
女　本当です。
馬鹿一　ありがとう。（お辞儀《じぎ》する）
山谷　承知したね。
馬鹿一　もちろん、承知した。
女　ありがとうございます。
馬鹿一　いや、私の方こそありがたいのです。私は電車であなたの顔を見た時、かきたいと本当に思ったのです。神様はその私の望みをかなえてくださったのです。私はこんなにありがたいことはないのです。きっとかきます。いいものをかきます。その代わりあなたも、私が思う存分かくのを許してください。

女　ええ、いくらながくかかってもよろしいから、本当に傑作をかいてください。

馬鹿一　かきます。かきます。石にしがみついてもかきます。

山谷　怖《おそ》ろしいことになったね。

女　私の顔がそんなにお気に入ったの。

馬鹿一　入りました。入りました。人間の顔の内で、いちばんかきたい顔の一つです。あなたを電車で見たその瞬間、これこそ私のかいてみたい顔だと思いました。

女　私の顔は、ある画家に言わすと、平凡で取柄《とりえ》がないと言うのですがね。

馬鹿一　ちがいます。ちがいます。そんなことを言う奴は、美のわからない奴です。この世には美のわからない奴が実に多いのです。そんな奴があなたを見て何とか言うのは実に僭越《せんえつ》です。私はその男と決闘するつもりで、あなたの顔をかいてみます。

女　たいへんなことになりましたね。あなたは私を見ちがえていらっしゃるのではないのですか。私はそんな美人じゃありませんわ。

馬鹿一　あなたの美しさは、もしかしたら、私にだけわかるのかもしれませんよ。だがそれならなお私は、あなたの顔をかくのに張り合いがあるわけです。そのままじっとしてください。私は自分の生命をかけても、あなたの顔をかきますよ。

（かく用意をする）

（人形笑う）

馬鹿一　何がおかしいのだ。
人形　夢、夢、夢よ。
馬鹿一　夢なものか。
（一瞬暗）
（馬鹿一、人形をかきつつ居眠りしている）
馬鹿一　やはり夢か。話がうますぎると思ったよ。人形、笑ってはいけないよ。美の神様、私をお守りください。私は石にしがみついても、この道を歩いてゆきます。

幕

仕合わせな男

一

山谷五兵衛がぶらりとやって来た。僕は例によって面白い話はないかと聞くと、「あるねー」と言って、次のような話をした。

この前君に、僕たちが馬鹿一と言って馬鹿にしていた、石や雑草ばかりかいている画家が二人の美人をかくことになった事情を話したことがあるね。

その馬鹿一が第三の女をかくことになった話はまだしなかったね。その話を一つしてみよう。馬鹿一の画もその後、目に見えてよくなった。ものになったと言ってもいいのだろう。大器晩成という言葉があるが、馬鹿一はその標本のような男だった。実に二、三十年間のむだと思えた努力がやっと報いられてきた感じだ。思えば長い間、彼は皆に無視され、軽蔑《けいべつ》されてきたものだ。

僕たち仲間でだれ一人、彼が今日のようにものになると思ったものはない。僕たちは馬鹿にしきっていた。からかうのにこのくらい適当な男はないと思っていた。今思うと、馬鹿なのは彼ではなく、僕たちだった。しかし今になってみても、僕たちは小賢《こざか》しいので、誰からもべつに馬鹿にはされず、常識人として通用しているが、彼は相変わらず間抜けで、非常識で、僕たちの笑い話の種になっていることに変わりはない。

しかし僕たちは彼のことを石かきさんと呼ぶことになっている。馬鹿一と呼ぶこともあるが、前よりはいくらか尊敬の意味がふくまれてきたのは事実だ。

なにしろ彼の画が売れ出したのは事実だ。もちろん、彼はまだ大衆からは無視されているが、ごく少数ではあるが、彼の画を集めることに熱心な者が出て来て、競争して彼の画を買い出したのである。まだ安いということも彼の画が売れる一つの理由だが、しかし彼の画にはへんに知れば知るほど、愛したくなるものがあるのは事実だ。

彼は今でも金のことはよくわかっていない。僕などは百円ぐらいで、彼の画を買う特権を今でも持っているが、同じ画を二千円出しても喜んで買ってゆく人もある。だから僕は彼の画でもうけようと思えば、相当もうけることもできるわけだが、現に百円で買って来た画を、ぜひと言われて譲ったら、三千円くれた人もある。だからもうけていないとも言わないが、僕は彼の画で得をしようと思うほどの悪友でもないから、彼の画を直接に、高く買う人があることに骨折っているのは事実だ。

言いわけするのがおかしいと言えば、それもあたらずと言えども、遠からずであるが、ともかくこのごろでは、僕たち悪友の内で、彼以上に金をとっているものは、一人か二人という有様《ありさま》になったのだから、皆驚いているのだ。

この調子だったら、今に画室ぐらい建築することになるだろう。こう皆、驚いて噂《うわさ》するようになったのだから、皆いくぶん石かきさんを尊敬しないわけにはゆかない。

しかし彼はそれで今までも生活を変えるほどの軽薄な男ではない。今までどおりに、石や雑草をかきまた人からもらう、草花や、果物《くだもの》をかいている。見るもの皆、彼には美しく見え、かいてほしがっているように思えるらしい。彼はそれらをかくので満足しているらしく、人間をかく興味はなくなっているらしかった。彼の内部の生活は僕たちには、うかがい知ることはできなかったが、落ちついた、勤勉な生活が続いた。嵐《あらし》のすぎた跡のような生活、いつ行っても相変わらずに一心に画をかいていた。

世間のできごとは彼の生活を変える力がなかった。風の日も雨の日も、晴天の時も、彼は同じ生活をくり返していた。しかしその間に彼の画は遅々としてではあるが、進歩していた。

二

ある日石かきさんの処に僕がよく話す、老大家の画家、白雲子が来ていた。

僕が白雲子に、

「ここでお目にかかれるとは思いませんでした。何か用があって、いらっしゃったのですか」

と聞いた。

「べつに用じゃなかったが、何だがきゅうに石かきさんにお逢いしたくなったので来た」

と白雲子は答えて、石かきさんと何か話のつづきらしく、話し出した。

「そういうわけで、僕はなんだか落ちつかなくなったのですよ。するときゅうに君のことが考えられて、君だったらどうするかと思って、うかがってみたのですよ」

「僕でしたら、もちろん、今の調子で進んでゆきますね。他に変化のしようも、ありませんからね。僕は今の自分の仕事が、誰の役に立つか、たたないか知りませんね。そんなことは他人に任せて、自分は自分にできる仕事をするよりしかたがありませんね」

「僕だってそうは思いますが、一面、多くの人を心から喜ばしたい気がするのです」

「それは、あなたはしようと思えばできるのです。しかし僕にはこれ以外の道を歩けないのです。迷いたくも迷えないのです」

「君は仕合わせな方です。羨《うらや》ましく思いますよ」

僕は今、日本で最も仕合わせな画家と思える白雲子の方が、世間から無視されている石かきさんをかえって羨ましく思っているのに驚き、また感心した。世間の人とはまるでちがう考え方をしている人々である。石かきさんはそう言われてもべつに不思議には思わないようだった。

「僕は毎日、自分がかきたいものが本当にかけないことだけが、気になっているのです。その点あなたは実にかきたいものが、そのままにかけるのに感心しているのです」

「いや、かけないあなたに僕はむしろ感心しているのです。僕たちが心をこめずにかくところを、あなたは実に心をこめてかいています。その心のこめ方に僕は感心して、教わりたいと思っているのです」

「僕のような、くだらない画家から、あなたのような大家が、何か教わるものがあると、熱心にそれを自分のものにしようと努力される、その点、僕はやはり一流の人の心がけはちがうと思うのです」

「あなたは自分をくだらない画家とは自分では思っていないのでしょう」

「しかし世間ではそう思っているのは事実で、僕自身もそれを認めないわけにはゆかないのです。馬鈴薯《ばれいしょ》一つ本当にかけない画家はくだらない画家と言われてもしかたがないでしょう」

「馬鈴薯を君が言う意味で本当にかける人は今いますか」

「彼らは馬鈴薯を本当にかくことはつまらないことと思っているのでしょう。彼らは他のものをかこうとしているのですから、馬鈴薯が本当にかけないでも、言い訳がたつでしょう。しかし僕は他に取柄《とりえ》がないくせに、馬鈴薯も本当にはかけないのですから、自分で自分を画家だと言うことも気がひけるのです。ですから今に気がひけないですむ画家になりたいと思って、毎日勉強しているのですが、なかなかものになってくれないのです。腹が立つほど、ものになってくれないのです。だが思うようにならないところにまた興味があって、なんとかものにしたいと思っているのです。もちろん、私は形の真《ま》似《ね》だけはしたいと思わないのです。自分の心を同時にぴったり生かしたいのです。自分の心をさながらに、ぴったり生かすことができ、形も生かすことができれば、僕は満足するのですが、それはいつのことかわかりません。私はその他のことを考える閑《ひま》なく、毎日勉強しているのです。この私の気持のわからないものに、私は画がわかるわけはないと思います。そして今までやってきましたが、これからもたいへんだと思っています」

「新しい画が流行していても、君は関心は持っていないでしょうね」

「いや、機会があれば注意していますが、自分の道をますます歩きたいと思うばかりです」

二人がそんな話をしているのを僕は興味をもって聞いていた。

三

帰りに白雲子は僕に言った。

「唯一の道をこつこつ歩いているものは、その努力がつみ重なって、だんだんものになる。石かきさんの今日までの努力は僕たちの想像以上のものがあるでしょう。僕はその間に、少しも惑わなかったことに感心します」

「惑わないのは、あの人の性格の融通性がないからでしょう。だがこの一、二年で、石かきさんが、目に見えて大進歩したことは事実です」

「僕も相当強情なつもりですが、石かきさんにはその点、足元にも及ばないのです」

二人はそれから、今の人が迷いすぎていることを話し、迷いすぎてはものにならないことを話した。

翌日、僕は白雲子の処に行ったら、石かきさんが、ちゃんと来ているのには驚いた。

彼は白雲子の処にあるいろいろの人の画集を見て言った。

「実にいろいろの人がいるね。だがどの人も自分の道を徹底して歩いているね。僕も彼らに他の点では負けても、勉強の点では負けたくない。僕は自分の道を彼ら以上に徹底して歩いてみたい」

それから彼は白雲子のいろいろの画を見て、感心していた。そして彼は不意に、

「僕も画がかきたくなりましたから帰ります」

と言って、すぐ帰って行った。僕はいっしょに帰るつもりだったが、おきざりにされた。

「この世に生きている人間には、何かの不安があり、これでいいのかと思うが、石かきさんだけは、そういう迷いがない、画さえかいていれば、それでいいのだ。その代わり、そのために全力を出しているのだ。僕はあんなに迷わない人を見たことがない。その点、真似ができない。そして羨ましく思うよ」

「そこが、馬鹿一の馬鹿一たるところですね」

「そうだよ。だがそこが恐ろしい」

たしかに石かきさんは一心不乱に自分の道を歩いてゆく男だった。

四

僕はまた二、三日して、石かきさんの処に行った。石かきさんは、相変わらず石をかいていた。

「どうだ。少しはものになってきたろう。この石は頑固だろう。存在してきたろう。一つの存在、ただそれだけだが、何か感じが出てきたとは思わないか」

彼はこの石をかくこと、何千度であるか、僕は知らないが、たしかにその石は紙の上にすまして生きていて、目方があり、存在している。誰がなんといっても、石は平気で存在している。

「この画を僕に売ってくれないか」

「僕が見あきたら売ってあげてもいいが、今日は困る」

「いつでもいいよ、他の人に売らなければ」

「売らない」

「いくらで売ってくれる」

「いくらでもいいよ」

「それなら、五百円おいておくよ」

「今はいらないよ。君が持ってゆく時でいいよ」

「それでも今金があるから」

「それならもらっておいてもいい」

そこに彼の画を好きな人の一人がやって来た。そして僕が買った石を見て感心して言った。

「これを僕にゆずってくれないか。この石へんに気に入った」

「それはだめだ。今山谷にやる約束をした」

「本当かい」

と僕に言うので、

「本当です、五分あなたが早かったら、あなたにとられるところでした。助かりましたよ」

「助からないよ。僕にぜひゆずってくれよ」

その男は熱心な男だった。なかなか思い切らなかった。

「これは小さいものだが、君の傑作だよ。不思議に石の感じが出ている。僕はこの石をかいた画を二つ持っているが、この画は、この石をかいたもので僕が見たところでは、第一の傑作だ」

「君もそう思ってくれるか。僕もそう思うよ」

「だから僕にください」

「山谷と約束してしまったのだから、山谷と相談してください」

「山谷さんにあなたからたのんでください」

「山谷、ゆずってやったらどうだ」

「だめですよ、そんなことを言っては。僕はますます好きになったのですから」

「それなら、やることにしよう」

「だめですよ」

とうとうその男はあきらめた。僕は痛快に思った。

しかしその男はあきらめたのではなかった。帰りに、僕の家までついて来た。

「君はいくらであの石を買ったのだ」

「五百円」

「三千円まで出すから譲れよ」

「僕は画商じゃありませんから、だめですよ」

「いや、君は金に困る時が来ると、よく手放すということを知っているよ」

「その時は三千円では売りませんよ」

「いくらなら売るのだ」

「その時にならないとわかりませんよ」

「その時が来たら、第一に僕に話すのだよ。他の人に売ってはだめだよ」

「その時になってみないとね」

「いやな奴だね」

「どっちがいやな奴なのです」

その男は笑い出した。だがなかなか帰ろうとしなかった。帰れよとも言えないので、僕は困っていた。

「君が帰れと言っても、あの画を僕に譲ってくれないうちは、帰らないからそのつもりでいたまえ」

「そんなにほしいのですか」

「ほしい」

「それならゆずってあげますよ」

「ありがたい。五千円出すよ」

「いや、五百円で結構です。もし五千円くださるのでしたら、石かきさんに上げてください」

「そう君に言われると困るな」

「いや、君がそれほどまで、石かきさんの画が好きなのを知って、僕は嬉しくなったのですよ」

「あの石の画は傑作だよ」

「たしかに傑作です」

「君もそう思うだろう」

「思います」

「ありがとう。僕はこんなに気持のいいことはない。一つこれから、石かきさんが、傑作をかいたお祝いを二人でしよう。いっしょにどこかのみに行こう」

「そのご厚意は嬉しく思いますが、お断わりします」

「せっかく、いい気でいるのだから、つきあってくれよ」

「ずいぶん、君はひつこい方ですね」

「君は、石かき先生が、あんな傑作をかいたことを嬉しく思わないのか」

「思いますよ」

「それならお祝いしようじゃないか」

「石かきさんも呼んで、三人なら僕も承知しますよ」

「石かき先生はだめだよ」

「それなら私もご辞退しますよ」

「いやな奴だな」

「どっちがいやな奴なのです」

その男は笑った。

「だがいい気持だ。これで君がいっしょに、お祝いをしてくれたら、どんなにいい気持かしれないよ」

「それならお伴しましょう」

「してくれるか」

五

それから僕たちはタクシーにのってある料理屋にゆき、二人の小宴をひらいた。彼がよく知っている芸者も呼んだ。

その男はすっかり元気になってほとんど一人でしゃべった。

「僕は、画がわかる男じゃなかった。ところがある日、書家の泰山という痛快な男に偶然友だちの処で逢った。僕はその時、今の日本人には、おちょこちょいが多い、昔の日本人には実にすぐれた人がいたものだが、どうして今の日本には、くだらない人間ばかりがいるのだろう。僕は酔った勢いでそう気焔《きえん》をあげた。すると泰山の奴、自分の悪口を言われたように怒って言った。おちょこちょいは君だよ。日本だって目がある人が見れば、面白い人がいくらでもいると言うのだ。いるなら見せろと言うと、泰山はその友だちに一つの画を持って来さして、床にかけさした。くだらない雑草をかいた馬鹿げた画なのだ。僕はその画を見て大いに笑ったね。すると泰山が言ったね。この画がわかるまでは生意気なことは言うなと言うのだ。僕はこんなくだらない画が、いいと理窟《りくつ》をつけるのがおちょこちょいの証拠だと言ってやった。すると泰山は真面目になって、この画は、誠実無比な男が心をこめてかいたのだ。この画がわからない男には何も言う気はしない。僕はそんな男と話をしても面白くないから帰ると言って帰って行ったのだ。僕も腹が立ったから、僕も帰る、面白くもないと言って帰って来たのだ。それから僕は何だか気になってね。その友だちから、石かきさんのその画を借りて来て見て床にかけ見ていたのです。泰山にだまされたと思ったのですが、なんだか捨てかねるものがある。私の処にあるいちばん大事にしていた数年前に死んだ大家の画と並べてかけてみたのです。ところが私は驚いたのです。大家の画はたしかに美しいが、その美しさには何か気どった、わざとらしいものがあるのです。美装はしているが、精神は死んでいるように思えてきたのです。それに反して石かきさんの画は不思議に生きてきたのです。そして奇妙なことにはかえって石かきさんの画の方が上品に思えてきたのです。僕がそれに気がつくのには十日ほどかかりました。僕はそれから石かきさんの画がほしくなって、その友だちにたのんで、一つ買ってもらったのです。それが病みつきのもとで、自分でも石かきさんの処にゆくようになり、逢ってますます石かきさんが好きになってしまったのです。たしかに石かきさんは、おちょこちょいでない、珍しい人と思い、泰山にとうとう頭をさげたのです。すると泰山はあははははと笑って、君も石かき病にかかったね。いっぺんかかるとなかなかぬけられないよ。だがああいう人間も一人はいてくれるのはありがたい。あれは心の中まで本物だからね。あれで馬鹿でなければたいしたものだ、と言うのです。それで僕は馬鹿なのですかと聞いたら、画のこと以外は完全に馬鹿だ。そこが僕はたまらなく羨ましいのだがね。と言いましたよ」

「そうですか。石かきさんは白雲子にも羨ましがられていました。僕たちが考えているより大ものかもしれませんね」

「たしかに珍しいんですね。気がちらないのですからね。一日草や石を見つめてあきないのですから、そしてくたびれることを知らない勉強家ですからね」

「売れる画をかこうとは少しも思わず、本当にかきたいものをかいているのですからね」

「それでも一時、女の人をかいたことがあるそうですね。僕の友人がその一つを持っているのです。裸をかいたのを、僕はそれを取り上げようとずいぶん苦心しているのですが、どうしてもくれないのです。どこかに裸の画はないでしょうかね、君の力でなんとかしてくれたら、大いに感謝しますがね」

「それは手に入れることはわけはないですよ。ただ策略が必要ですね」

「どんな策略でもできればとりますよ」

「なに簡単ですよ。今のうちにいいモデルを捜して、石かきさんの処に派遣するのですよ。そうすれば、かくなと言ってもかきますよ」

「それはいい考えだが、いいモデルはどうしたら得られますかね」

「そのことなら僕が引き受けますよ。金の方さえ引き受けてくだされば」

「金の方は引き受けますよ、いくらくらいあればいいのですか」

「二週間モデルをやとうとすれば、少し石かきさんのモデルは厄介ですから少し余分にお礼をするとして、五、六千円あれば大丈夫ですよ」

「そのくらいでよければ、ぜひお願いしますよ。友だちの奴には絶対に秘密にして、できたら、きっと驚きますよ。本当に君の言うとおり、うまくゆけば、またここで大いにお祝いをしましょう」

「それは、うまくゆきますよ。万事僕に任せてください」

六

翌日僕は白雲子の処に出かけて、正直に何もかも打ちあけて、いいモデルを世話することをたのんだ。白雲子は笑いながら、「どんなモデルがいいかな、おとなしい人でないと石かきさんの言うことは聞かないだろう。おとなしくって人のいい人で、身体《からだ》の美しい人と言っても、前の杉子のような理想的な女はなかなか見つかるものではない。そうだ、一人面白い女がいる、性質はいいのだが、少しちゃめ気がある女がいるが、それはどうかね」と言った。

「それは面白いでしょう」

「モデルと言って派遣しようか、それともこの前のように、お弟子として派遣しようか。しかし僕からだと言うと、わるいから、全部君に任せるよ」

「そうしてください。僕はなんとか石かきさんをからかってみたいのですよ」

「あんまりあくどいことはしない方がいいね」

「大丈夫です」

「今度は僕は責任を持たないよ」

「ええ、万事、私がいいようにします。その女の人に逢った上で相談してきめることにします。その女の人に逢わしてくだされぱあとは僕がいいようにします」

「相手が相手だから、僕は今度のことに、責任は持たないよ」

「ええ、僕が万事責任を持ちますよ」

「それなら明後日の午後ともかく来てみたらいいだろう」

七

それで翌々日白雲子の処に出かけてみた。そのモデルはすでに来ていた。

「君の話をしたらね。ちょっと考え込んで、まだはっきり承諾してはいないのだがね。君から委《くわ》しく話したらいいだろう。僕はしかけている仕事があるから、失敬するから、二人でよく相談したらいいだろう」

白雲子はそう言って自分の画室へ行ってしまった。僕は何から話していいか考えて、しばらく黙っていた。

「石かきさんてずいぶん変わった方ですってね」

「ええ変わっていますが、実にいい人間です」

「その方は、まだ何もご存じないのじゃないのですか」

「そんな方の処に、私一人で押しかけてゆくのは、変じゃございません」

「僕がいっしょにゆきますよ。そして石かきさんがかく気がなければ、僕といっしょに帰ってくればいいのです。万事僕に任せてください」

「先生がいっしょに来てくださるなら、お伴します。行った様子で、お断わりするかもしれませんが」

「承知しました」

それで僕は画室の戸をたたいて、白雲子に別れをつげて、そのモデルといっしょに石かきさんの処に出かけた。

僕はゆきあたりばったりに、話をすすめようと思うので、べつに何の計画も立てていなかった。

モデルの人も黙っていた。

石かきさんは相変わらず画をかいていた。僕一人かと思ったら、若い美しい女をつれているので驚いて、いつもよりそわそわして、モデルに丁寧《ていねい》にお辞儀《じぎ》をした。

「この人はね。僕の知っている人なのだがね。君がこの人の顔をかいてもいいと思うなら、この人の顔をかいてもらいたい人がいるのだがね。君はかいてくれるかね」

石かきさんは、黙ってその女の顔を見ていた。しばらくして、

「かかしてくだされば、かいてもよろしい」

「あなたはかまいませんね」

「ええ」

「でも幾日ぐらい、来ていただけるのかね。今日一日ではかけないよ」

「一週間か、二週間ぐらい」

「毎日、来てくださるのかね」

「毎日午後なら来られるそうだ」

「それならぜひかかしてもらいます」

「それなら明日から来ていいね」

「どうぞ」

「君は人物をかくのは久しぶりだね」

「去年から一度もかかなかった」

帰りにモデルは言った。

「いい方ね。私、もっと怖《こわ》い方かと思いましたわ。裸でなくっていいのですか」

「裸をかかしたいのですが、あなたにそれができますか。僕はちょっとそれが言えなくなってしまったのですよ」

「二、三日様子を見て、だめだったら、先生に助けていただくわ」

それから二、三日たって午後にゆくと、石かきさんは相変わらず女の顔をかいていた。

モデルは石かきさんのことを、おじいさんと呼んでいた。

「おじいさんは、私を人形のように思っていて、私がくたびれたと言うまでいつまでもかいているのよ。私がくたびれたと言うと驚いて、わるかった、わるかった。許してくださいと言うの。それで私は、五分ぐらいきりたたないのに、わざとああくたびれたと言って、両手をあげて欠伸《あくび》をしたら、驚いて、失礼しました、失礼しました。時間がたつのをつい忘れまして、とあやまるので、おかしかったわ」

「この人は、なかなかわるい人でね。時々、僕をからかって喜んでいるのですよ」

「それだって、おじいさんがあんまり夢中になって画をかいていらっしゃる時の、顔を見ると、おかしくって、からかいたくなるわ」

「からかっても、おとなしくモデルになってくださるので、僕は大いに助かっているのだが、まだどうもうまくかけないで困っているのだ」

「君はこの人の裸をかきたいとは思わないかね」

僕はいきなりそう言ったら、石かきさんびっくりして、豆鉄砲をくった鳩《はと》のように、もっとも僕は豆鉄砲をくった鳩を知らないがね。奴《やっこ》さん驚いてぽかんとしているのだ。

「この人は本当はモデルなのだよ。だから君が裸をかきたいと思えば、いつでも裸になるよ」

石かきさんは、そう言われても黙っていた。

「君が裸をかきたくないのなら、今までどおり顔をかいていていいのだが、もし裸がかきたくなったら、いつでもこの人は裸になるよ」

「白雲子がよこしたのかい」

「ちがうよ。僕が、夏ももうじきすぎるのでね。今年のうち一度、君に裸をかいてもらいたいと思ったので」

「僕の裸の画をほしがっている人がいるのでね。僕もかきたいと思っていたのだが、僕の方からたのむ気はしなかったのだよ。昔とちがって、僕もたのもうと思えば、たのめる身分にはなったのだが、君の親切を嬉しく思うよ。だがもう二、三日、顔をかしてもらって、その上、たのむかもしれない。その時は君も来てくれるだろうね。僕一人じゃね」

「もう大丈夫だよ。それにこの人、杉子さんとはちがうからね」

杉子は前に石かきさんと二人だけではいやだと言ったモデルである。

「ええ、私はもうどうせ、すれっからしですから」

「そんなことはありませんが」

それから二、三日たって、モデルが僕の処に来た。また何か起こったのかと思ったら、べつに何でもなかった。

モデルは今日から裸になったので、そのご報告に上がれと言われたので上がったのですと言った。そして、

「石かきさんて、本当に変わっていますわね。私が裸になったら、ありがとう、ありがとうとおっしゃるのよ。そして目をつぶったり、開いたりして、夢じゃない、本当だと

おっしゃるのよ。何が夢ではないのと言うと、あまり美しいから、夢を見ているのかと思ったとこうおっしゃるのよ。お世辞がお上手ですねと言うと、おれの目がいいのだ。君の身体の美しさが本当にわかる目を持っている人は、僕より他にいるとは思えない。今度こそ本当に女の身体の美しさを、冷静に見ることができる。僕はこの齢《とし》になって、初めて人体の美しさを恐れずにかくことができるようになった。だがなんだか君にはすまない気がするよ。見ることがもったいなすぎてね、とおっしゃるのですもの、おおげさね、と言ったら、今にみていらっしゃい、僕の画がそれがおおげさでないことを教えてあげますからね、そう言ってかき出したかと思うと、しばらく黙ってかいていらっしたが、だめだだめだ。僕はこの美がかけなければ、死罪に値する人間だ。なんておっしゃって、すっかりあわててしまって、今日はこれでやめましょう。完全に敗北してしまいました、とそうおっしゃって、私にお辞儀なさるのですよ。ちょっと変わっていらっしゃいますね」

「大いに変わっていますよ。だけどいい人でしょ」

「仕事に熱心な方ですね。その点では、私本当に感心しましたわ」

その晩、僕は石かきさんを訪ねると、石かきさんは、

「よく来た。君に逢いたいと思った。僕は久しぶりにこの室に女神を迎えることができて、僕は興奮しているのだよ。君は実にいい人を紹介してくれたね。僕は今度こそ、不滅の仕事をしてみるつもりだよ。この前の時は、僕はのぼせすぎていた。今度は以前よ

りずっと冷静に見ることができた。この世には美しい人がたくさんいるのだと思うね。ただそれを本当に見うる人がいないのだね。いるかもしれないが、その美しさを本当に味わう、心の用意ができていないのだね。僕はやっとその用意ができたのを感じるね。人体が神体に通じるということは、誰でも知識的には知っているが、本当に知っている人は何人いるかね。当人も知らないし、あのモデルを見た何百人の人も本当には知らないのではないかね。雑草や、石の美も、本当にわかる人は少ない。その証拠には僕の画なぞ見て、実物よりも美しいなぞと平気で言う人があるが、その人は本当に実物を見たことがあるのだろうかね。僕はどんな名画を見ても、実物のように生きている美しさが、かけているとは思わないね。それでは自分は何かを見ていると思っているのだから暢気《のんき》だよ。自然を本当に見ている人は一万人に一人もあるまい。人間の美しさを本当に知っている人は千万人に一人いるかね。僕はいないと思うね。僕自身まだ、本当には見ていないが、見方をやっとのみ込んできたと思っている。あの人は、二週間でも三週間でも毎日来てくれると言っている。今度こそ思う存分かいてみるつもりだ。本当に君には感謝しているよ」

「かいたものを見せないか」

「まだだめだよ。今度君が来るまでにはいくらかものにしてみせるよ」

八

それから三週間ほどたって、僕はあの石かき先生の画の愛好家の家に呼ばれて行った。彼は気持のいい家に住んでいた。大きな家ではないが、それでも木材を選んだ、がっちりした日本建築の家で、趣味のいい家で、広くはない庭の手入れもゆきとどいていた。

僕は彼の室に通された。その室の床の間には最近石かきさんのかいた傑作の裸婦がかかっていた。僕はその画は石かきさんの処で見た画だが、表装されているのを見ると、いちだんと立派に見えた。

彼は得意になって、

「おかげでこの画を手に入れることができて、大満足をしています。友だちを昨日呼んで、黙ってこの室につれて来たら、友だちは黙ってこの画を見ていたが、すっかり不機嫌《ふきげん》な顔になってね。僕がどうだと言うと、怒ったような顔して、君はひどい奴だな。絶交だと言って立ち上がりかけて、また画のそばによって、まけた、たいした画だ。まだあるだろう。と言うので、あるかもしれんと言ったら、さよならと言って帰って行った。実に愉快で溜飲《りゅういん》が一度に下がったよ。これも君のおかげだと思って感謝しているよ。なにしろ石かきさんはたいした画家になったものだ」

「だが世間じゃ、石かきさんのことなんか問題にしていませんね」

「問題にはしていない。だがこの喜びは事実で、僕はこの喜びを感謝しているよ。一度泰山を呼んできてこの画を見せて、感謝したいと思っているのだ。黙々として四十年の修業で初めてここまで来られたのだね」

「自分は目がいいのだと自慢していましたよ。美がわかると、いたる処に、あまり美しいものがあるので、生きるのが怖くなるよと、こないだあった時言っていましたよ。もう少し無神経になりたいものだと言って、石かき先生、大得意の哄笑《こうしょう》をしましたよ」

「あいつは仕合わせな男ですね。あの男のために乾杯しましょう」

「ええ」

本書は、昭和二十六年十一月に小社より刊行した文庫を改版したものです。なお本文中には、狂い出す、気でも違う、商売女、セムシ、気違い、狂気のように泣き出したなど今日の人権擁護の見地に照らして使うべきではない語句があります。しかしながら、作品全体を通じて、差別を助長する意図はなく、執筆当時の時代背景や社会世相、また著者が故人であることを考慮の上、最低限の改変にとどめました。

（編集部）

馬鹿一《ばかいち》

武者小路実篤《むしやこうじさねあつ》

昭和26年 11月15日　初版発行
令和5年 6月25日　改版初版発行

発行者●山下直久

発行●株式会社KADOKAWA
〒102-8177　東京都千代田区富士見2-13-3
電話　0570-002-301（ナビダイヤル）

角川文庫 23694

印刷所●株式会社暁印刷
製本所●本間製本株式会社

表紙画●和田三造

ISBN 978-4-04-113784-0　C0193

◇◇◇

角川文庫発刊に際して

角　川　源　義

第二次世界大戦の敗北は、軍事力の敗北であった以上に、私たちの若い文化力の敗退であった。私たちの文化が戦争に対して如何に無力であり、単なるあだ花に過ぎなかったかを、私たちは身を以て体験し痛感した。西洋近代文化の摂取にとって、明治以後八十年の歳月は決して短かすぎたとは言えない。にもかかわらず、近代文化の伝統を確立し、自由な批判と柔軟な良識に富む文化層として自らを形成することに私たちは失敗して来た。そしてこれは、各層への文化の普及滲透を任務とする出版人の責任でもあった。

一九四五年以来、私たちは再び振出しに戻り、第一歩から踏み出すことを余儀なくされた。これは大きな不幸ではあるが、反面、これまでの混沌・未熟・歪曲の中にあった我が国の文化に秩序と確たる基礎を齎らすためには絶好の機会でもある。角川書店は、このような祖国の文化的危機にあたり、微力をも顧みず再建の礎石たるべき抱負と決意とをもって出発したが、ここに創立以来の念願を果すべく角川文庫を発刊する。これまで刊行されたあらゆる全集叢書文庫類の長所と短所とを検討し、古今東西の不朽の典籍を、良心的編集のもとに、廉価に、そして書架にふさわしい美本として、多くのひとびとに提供しようとする。しかし私たちは徒らに百科全書的な知識のジレッタントを作ることを目的とせず、あくまで祖国の文化に秩序と再建への道を示し、この文庫を角川書店の栄ある事業として、今後永久に継続発展せしめ、学芸と教養との殿堂として大成せんことを期したい。多くの読書子の愛情ある忠言と支持とによって、この希望と抱負とを完遂せしめられんことを願う。

一九四九年五月三日

角川文庫ベストセラー

羅生門・鼻・芋粥　芥川龍之介

荒廃した平安京の羅生門で、死人の髪の毛を抜く老婆の姿に、下人は自分の生き延びる道を見つける。表題作「羅生門」をはじめ、初期の作品を中心に計18編。芥川文学の原点を示す、繊細で濃密な短編集。

蜘蛛の糸・地獄変　芥川龍之介

地獄の池で見つけた一筋の光はお釈迦様が垂らした蜘蛛の糸だった。絵師は愛娘を犠牲にして芸術の完成を追求する。両表題作の他、「奉教人の死」「邪宗門」など、意欲溢れる大正7年の作品計8編を収録する。

杜子春　芥川龍之介

人間らしさを問う「杜子春」、梅毒に冒された15歳の南京の娼婦を描く「南京の基督」、姉妹と従兄の三角関係を叙情とともに描く「秋」他「黒衣聖母」「或敵打の話」などの作品計17編を収録。

トロッコ・一塊の土　芥川龍之介

写実の奥を描いたと激賞される「トロッコ」、一つの事件に対する認識の違い、真実の危うさを冷徹な眼差しで綴った「報恩記」、農民小説「一塊の土」ほか芥川文学の転機と言われる中期の名作21篇を収録。

或阿呆の一生・侏儒の言葉　芥川龍之介

時代を先取りした「見えすぎる目」がもたらした悲劇。自らの末期を意識した凄絶な心象が描かれた遺稿「歯車」「或阿呆の一生」、最後の評論「西方の人」、箴言集「侏儒の言葉」ほか最晩年の作品を収録。

角川文庫ベストセラー

海と毒薬　遠藤周作

腕は確かだが、無愛想で一風変わった中年の町医者、勝呂。彼には、大学病院時代の忌わしい過去があった。第二次大戦時、戦慄的な非人道的行為を犯した日本人。その罪責を根源的に問う、不朽の名作。

雪国　川端康成

国境の長いトンネルを抜けると雪国であった。「無為の孤独」を非情に守る青年・島村と、雪国の芸者・駒子の純情。魂が触れあう様を具に描き、人生の哀しさ美しさをうたったノーベル文学賞作家の名作。

山の音　川端康成

会社社長の尾形信吾は、「山の音」を聞いて以来、死への恐怖に憑りつかれていた――。日本の家の閉塞感と老人の老い、そして生への渇望と老いや死を描く。戦後文学の最高峰に位する名作。

檸檬　梶井基次郎

私は体調の悪いときに美しいものを見るという贅沢をしたくなる。香りや色に刺激され、丸善の書棚に檸檬一つを置き――。現実に傷つき病魔と闘いながら、繊細な感受性を表した表題作など14編を収録。

愛がなんだ　角田光代

OLのテルコはマモちゃんにベタ惚れだ。彼から電話があれば仕事中に長電話、デートとなれば即退社。全てがマモちゃん最優先で会社もクビ寸前。濃密な筆致で綴られる、全力疾走片思い小説。

角川文庫ベストセラー

不連続殺人事件　坂口安吾

詩人・歌川一馬の招待で、山奥の豪邸に集まった様々な男女。邸内に異常な愛と憎しみが交錯するうちに、血が血を呼んで、恐るべき八つの殺人が生まれた――。第二回探偵作家クラブ賞受賞作。

走れメロス　太宰治

妹の婚礼を終えると、メロスはシラクスめざして走りに走った。約束の日没までに暴虐の王の下に戻らねば、身代わりの親友が殺される。メロスよ走れ！　命を賭けた友情の美を描く表題作など10篇を収録。

斜陽　太宰治

没落貴族のかず子は、華麗に滅ぶべく道ならぬ恋に溺れていく。最後の貴婦人である母と、麻薬に溺れ破滅する弟・直治、無頼な生活を送る小説家・上原。戦後の混乱の中を生きる4人の滅びの美を描く。

人間失格　太宰治

無頼の生活に明け暮れた太宰自身の苦悩を描く内的自叙伝であり、太宰文学の代表作である「人間失格」と、家族の幸福を願いながら、自らの手で崩壊させる苦悩を描き、命日の由来にもなった「桜桃」を収録。

津軽　太宰治

昭和19年、風土記の執筆を依頼された太宰は3週間にわたって津軽地方を1周した。自己を見つめ、宿命の生地への思いを素直に綴り上げた紀行文であり、著者最高傑作とも言われる感動の1冊。

角川文庫ベストセラー

細雪（中）　谷崎潤一郎

縁談を期待して、東京に居を移した本家で暮らすことになった三女・雪子だったが、都会の空気になじめず心細い日々を送っている。いっぽう関西では、四女の妙子が神戸でおこった大洪水に巻き込まれ――。

細雪（下）　谷崎潤一郎

日中戦争開戦の向きがいよいよ本格的になるなか、三女・雪子の縁談に光が見える。一方、家から絶縁を言い渡された妙子は――。著者・谷崎が第二次大戦下、自費出版してまで世に残したかった、大作の完結編。

刺青・少年・秘密　谷崎潤一郎

腕ききの刺青師・清吉の心には、人知らぬ快楽と宿願が潜んでいた。ある日、憧れの肌を持ち合わせた娘と出会うと、彼は娘を麻睡剤で眠らせ、背に女郎蜘蛛を刺し込んでゆく――。「刺青」ほか全8篇の短編集。

二十四の瞳　壺井　栄

昭和のはじめ、瀬戸内海の小島に赴任したばかりの大石先生と、個性豊かな12人の教え子たちによる人情味あふれる物語。戦争のもたらす不幸、貧しい者が常に虐げられることへの怒りを訴えた不朽の名作。

家出のすすめ　寺山修司

愛情過多の父母、精神的に乳離れできない子どもにとって、本当に必要なことは何か？「家出のすすめ」「悪徳のすすめ」「反俗のすすめ」「自立のすすめ」と四章にわたり現代の矛盾を鋭く告発する寺山流青春論。

角川文庫ベストセラー

ポケットに名言を　寺山修司

世に名言・格言集の類は数多いけれど、これほど型破りな名言集はきっとない。歌謡曲から映画の名セリフ。思い出に過ぎない言葉が、ときに世界と釣り合うことさえあることを示す型破りな箴言集。

吾輩は猫である　夏目漱石

苦沙弥先生に飼われる一匹の猫「吾輩」が観察する人間模様。ユーモアや風刺を交え、猫に託して展開される人間社会への痛烈な批判で、漱石の名を高からしめた。今なお爽快な共感を呼ぶ漱石処女作にして代表作。

坊っちゃん　夏目漱石

単純明快な江戸っ子の「おれ」（坊っちゃん）は、物理学校を卒業後、四国の中学校教師として赴任する。一本気な性格から様々な事件を起こし、また巻き込まれるが。欺瞞に満ちた社会への清新な反骨精神を描く。

草枕・二百十日　夏目漱石

俗世間から逃れて美の世界を描こうとする青年画家が、山路を越えた温泉宿で美しい女を知り、胸中にその念願を成就する。「非人情」な低徊趣味を鮮明にした漱石の初期代表作『草枕』他、『二百十日』の2編。

虞美人草　夏目漱石

美しく聡明だが徳義心に欠ける藤尾は、亡父が決めた許嫁ではなく、銀時計を下賜された俊才・小野に心を寄せる。恩師の娘という許嫁がいながら藤尾に惹かれる小野……漱石文学の転換点となる初の悲劇作品。

角川文庫ベストセラー

三四郎
夏目漱石

大学進学のため熊本から上京した小川三四郎にとって、見るもの聞くもの驚きの連続だった。女心も分からず、思い通りにはいかない。青年の不安と孤独、将来への夢を、学問と恋愛の中に描いた前期三部作第1作。

それから
夏目漱石

友人の平岡に譲ったかつての恋人、三千代への、長井代助の愛は深まる一方だった。そして平岡夫妻に亀裂が生じていることを知る。道徳的批判を超え個人主義的正義に行動する知識人を描いた前期三部作の第2作。

門
夏目漱石

かつての親友の妻とひっそり暮らす宗助。他人の犠牲の上に勝利した愛は、罪の苦しみに変わっていた。宗助は禅寺の山門をたたき、安心と悟りを得ようとするが。求道者としての漱石の面目を示す前期三部作終曲。

こころ
夏目漱石

遺書には、先生の過去が綴られていた。のちに妻とする下宿先のお嬢さんをめぐる、親友Kとの秘密だった。死に至る過程と、エゴイズム、世代意識を扱った、後期三部作の終曲にして、漱石文学の絶頂をなす作品。

明暗
夏目漱石

幸せな新婚生活を送っているかに見える津田とお延。だが、津田の元婚約者の存在が夫婦の生活に影を落としはじめ、漠然とした不安を抱き――。複雑な人間模様を克明に描く、漱石の絶筆にして未完の大作。

角川文庫ベストセラー

文鳥・夢十夜・永日小品　夏目漱石

夢に現れた不思議な出来事を綴る「夢十夜」、鈴木三重吉に飼うことを勧められる「文鳥」など表題作他、留学中のロンドンから正岡子規に宛てた「倫敦消息」や、「京につける夕」「自転車日記」の計6編収録。

道草　夏目漱石

肉親からの金の無心を断れない健三と、彼に嫌気がさす妻。金に囚われずには生きられない人間の悲哀と、意固地になりながらも、互いへの理解を諦めきれない夫婦の姿を克明に描き出した名作。

銀の匙　中勘助

書斎の小箱に昔からある銀の匙。それは、臆病で病弱な「私」が口に薬を含むことができるよう、伯母が探してきてくれたものだった。成長していく「私」を透明感ある文章で綴った、大人のための永遠の文学。

葡萄が目にしみる　林真理子

葡萄づくりの町。地方の進学校。自転車の車輪を軋ませて、乃里子は青春の門をくぐる。淡い想いと葛藤、目にしみる四季の移ろいを背景に、素朴で多感な少女の軌跡を鮮やかに描き上げた感動の長編。

兎の眼　灰谷健次郎

新卒の教師・小谷芙美先生が受け持ったのは、学校で一言も口をきかない一年生の鉄三。心を開かない鉄三に打ちのめされる小谷先生だが、周囲とのふれ合いの中で次第に彼の豊かな可能性を見出していく。

角川文庫ベストセラー

太陽の子
灰谷健次郎

ふうちゃんが六年生になった頃、お父さんが心の病気にかかった。お父さんの病気は、どうやら沖縄と戦争に原因があるらしい。なぜ、お父さんの心の中だけ戦争は続くのだろう？　著者渾身の長編小説！

浮雲
林芙美子

第二次大戦下、義兄の弟との不倫に疲れ仏印に渡ったゆき子は、農林研究所員富岡と出会う。様々な出来事を乗り越え、二人は屋久島へと辿り着いた——。敗戦後、激動の日本で漂うように恋をした男と女の物語。

注文の多い料理店
宮沢賢治

二人の紳士が訪れた山奥の料理店「山猫軒」。扉を開けると、「当軒は注文の多い料理店です」の注意書きが。岩手県花巻の畑や森、その神秘のなかで育まれた九つの物語からなる童話集を、当時の挿絵付きで。

銀河鉄道の夜
宮沢賢治

漁に出たまま不在がちの父と病がちな母を持つジョバンニは、暮らしを支えるため、学校が終わると働きに出ていた。そんな彼にカムパネルラだけが優しかった。ある夜二人は、銀河鉄道に乗り幻想の旅に出た——。

新編　宮沢賢治詩集
編／中村　稔

亡くなった妹トシを悼む慟哭を綴った「永訣の朝」。自然の中で懊悩し、信仰と修羅にひき裂かれた賢治のほとばしる絶唱。名詩集『春と修羅』の他、ノート、手帳に書き留められた膨大な詩を厳選収録。

角川文庫ベストセラー

不道徳教育講座　三島由紀夫

大いにウソをつくべし、弱い者をいじめるべし、痴漢を歓迎すべし等々、世の良識家たちの度肝を抜く不道徳のススメ。西鶴の『本朝二十不孝』に倣い、逆説的レトリックで展開するエッセイ集、現代倫理のパロディ。

夏子の冒険　三島由紀夫

裕福な家で奔放に育った夏子は、自分に群らがる男たちに興味が持てず、神に仕えた方がいい、と函館の修道院入りを決める。ところが函館へ向かう途中、情熱的な瞳の一人の青年と巡り会う。長編ロマンス！

あやし　宮部みゆき

木綿問屋の大黒屋の跡取り、藤一郎に縁談が持ち上がったが、女中のおはるのお腹にその子供がいることが判明する。店を出されたおはるを、藤一郎の遣いで訪ねた小僧が見たものは……江戸のふしぎ噺9編。

少女地獄　夢野久作

可憐な少女姫草ユリ子は、すべての人間に好意を抱かせる天才的な看護婦だった。その秘密は、虚言癖にあった。ウソを支えるためにまたウソをつく。夢幻の世界に生きた少女の果ては……。

瓶詰の地獄　夢野久作

海難事故により遭難し、南国の小島に流れ着いた可愛らしい二人の兄妹。彼らがどれほど恐ろしい地獄で生きねばならなかったのか。読者を幻魔境へと誘い込む、夢野ワールド7編。